Über dieses Buch Harold Twinborrow Hilliard, seines Zeichens Professor für höhere Mathematik und Metaphysik an einer altehrwürdigen britischen Universität, macht sich dem polnischen Geheimdienst verdächtig, als er auf einer Reise nach Warschau in standesgemäßer Zerstreutheit einmal den falschen Koffer, das andere Mal den falschen Mantel erwischt. Und so gilt der arglose Professor, der in Warschau eigentlich nur einen Gastvortrag über sein Lieblingsthema, das dysteleologische Irrationale, halten wollte, unversehens als jener bewußte britische Spion mit Decknamen Walfisch, der mit einem zweiten, Sardine genannten, Kontakt aufnehmen wolle, in der Absicht, religiösen Unfrieden in Polen zu stiften. Was wunders, daß es zu den merkwürdigsten Mißverständnissen und Verwechslungen kommt, zu Beschattungen, Verfolgungen, geheimen Treffen an konspirativen Orten. Echte und falsche Spione, gefährliche Briefe, illegale Dollars, ein ominöser Wäschesack, ein vermeintlicher Klempner und nicht zuletzt ein fehlender Badewannenstöpsel machen dem Professor das Leben zur Hölle.

Der Autor Der Schotte Bruce Marshall, geb. 1899 in Edinburgh, ist einer der großen Erzähler unseres Jahrhunderts. Er wurde im Ersten Weltkrieg schwer verwundet, machte danach sein Diplom als Wirtschaftsprüfer und arbeitete in diesem Beruf 14 Jahre lang in Paris, dann in seiner Heimat. Seit 1951 lebte er in Südfrankreich. Marshall starb im Juni 1987.
Im Fischer Taschenbuch Verlag erschienen außerdem: die Romane ›Keiner kommt zu kurz oder Der Stundenlohn Gottes‹ (Bd. 5940), ›Das Wunder der Malachias‹ (Bd. 5941) und ›Alle Herrlichkeit ist innerlich‹ (Bd. 5942).

Bruce Marshall

Der Monat der fallenden Blätter

Roman

Aus dem Englischen von
Hansjürgen Wille und Barbara Klau

Fischer Taschenbuch Verlag

Ungekürzte Ausgabe
Veröffentlicht im Fischer Taschenbuch Verlag GmbH,
Frankfurt am Main, September 1987

Lizenzausgabe mit freundlicher Genehmigung
der Verlags-AG Die Arche, Zürich
Die englische Originalausgabe erschien 1963
unter dem Titel ›The Month of the Falling Leaves‹
bei Constable in London.

Die deutschsprachige Erstausgabe erschien 1964
bei Jakob Hegner, Köln und Olten.
Umschlaggestaltung: Jan Buchholz/Reni Hinsch
Gesamtherstellung: Clausen & Bosse, Leck
Printed in Germany
980-ISBN-3-596-25943-6

Aber es gibt doch Länder und Städte, wo die Menschen von Zeit zu Zeit eine Ahnung von etwas anderem haben. Gewöhnlich ändert sich ihr Leben deswegen nicht. Nur hat sie die Ahnung wenigstens einmal gestreift, und damit ist schon etwas gewonnen.

Albert Camus ›Die Pest‹

Die Schreibweise der polnischen Namen und Zitate wurde aus der englischen Originalausgabe übernommen.

ANMERKUNG DES AUTORS

IM LAUFE VON DREISSIG JAHREN HABE ICH mehrmals literarische Agenten meine Werke verhökern lassen. Keiner von ihnen glich Catacomb, und keiner von ihnen hat je versucht, die amtlichen, aber nicht realistischen Kurse ausländischer Währung auszunutzen.

Gleich nach dem Zweiten Weltkrieg war ich in derselben Interalliierten Kommission tätig wie ein distinguierter Beamter, der später Botschafter in Warschau wurde und von dem ich nichts als Freundlichkeit erfahren habe. ›Nodder‹ ist weder ein Abbild von ihm noch von einem seiner Vorgänger oder Nachfolger und kommt in diesem Roman nur vor, weil meine Fabel einen Botschafter verlangte.

Die einzige, nicht völlig frei erfundene Figur in der Geschichte ist Wanda, die ich einmal flüchtig gesehen habe, als sie in einem Hotel in Barcelona die Treppe hinaufeilte.

ERSTES KAPITEL

»CHATTERLEY DER AFFEN, LADY TARZANS Liebhaber, Sex und Abenteuer, damit verdient man Geld, Harold.« Der Vorname glitt über die gekrausten Lippen des literarischen Agenten wie ein Pflaumenstein, bei dessen Ausspucken beobachtet zu werden er sich schämte. »Die Philosophie hat keine Zukunft.«

»Fünfzigtausend Exemplare ist gar nicht so schlecht.« Catacomb konnte Hilliard Harold nennen, bis er im Gesicht blau war, Hilliard würde sich trotzdem nicht so weit erniedrigen, Catacomb wie einen intimen Freund Cuthbert zu nennen.

»Fünfzigtausend Exemplare in Polen, neunhundertsiebzehn in England. So wenig die Polen auch zahlen, sie versuchen sich davor zu drücken, indem sie behaupten, die Polnische Nationalbank rücke keine Sterling heraus. Es ist kein schlechter Gedanke von Ihnen, die Zlotys einzukassieren, wenn Sie drüben Ihren Vortrag halten. Lassen Sie mir ein paar Minuten Zeit, damit ich ausrechnen kann, wieviel Provision wir bekommen: Neunzehn Prozent natürlich, da es sich um ein Auslandsgeschäft handelt – neun Prozent für uns, zehn Prozent für Gumschott.«

»Wer ist Gumschott?«

»Unser Mann in Warschau, der in Putney lebt, aber er spricht Polnisch wie seine Muttersprache. Es macht ihm nicht die geringsten Schwierigkeiten.«

Während Catacomb Zahlen auf einen Block kritzelte, machte Hilliard eine andere Art von Kalkulation im Kopf. Wenn die Polen so wenig gewillt waren, Bücher zu kaufen wie seine Landsleute, dann bedeutete ein Absatz von fünfzigtausend Exemplaren der *Sinfonie der Zwietracht* in Polen, daß eine Million Polen sich bemüht hatten, das *dysteleologische Irrationale* zu verstehen. Abgesehen von seinen eigenen gelangweilten Studenten war Hilliard nicht zehn

Briten begegnet, die jemals etwas vom *dysteleologischen Irrationalen* gehört hatten, ganz zu schweigen davon, daß Edgar Sheffield Brightman so die unverdienten Leiden von Menschen und Tieren bezeichnet hatte, die die Existenz eines wohlwollenden Schöpfers widerlegten. Eine Million Leser! Kein Wunder, daß die *Towarzystwo Metafizyczne Warszawie* ihn eingeladen hatte, nach Polen zu fliegen, um vor ihren Mitgliedern einen Vortrag zu halten.
Catacomb hielt Hilliard den Block hin.
»Fünfzigtausendeinhundertsiebzehn Exemplare zu dreißig Zlotys macht eine Million fünfhundertdreitausendfünfhundertzehn Zlotys. Sieben Prozent Honorar von einer Million fünfhundertdreitausendfünfhundertzehn Zlotys sind einhundertfünftausendzweihundertfünfundvierzig Zlotys. Eine Provision von neunzehn Prozent beträgt also neunzehntausendneunhundertsechsundneunzig Zlotys. Trotzdem bleiben Ihnen die ganzen einhundertfünftausendzweihundertfünfundvierzig Zlotys, die Sie in den Warschauer Nachtlokalen ausgeben können, da Sie uns natürlich unsere Provision in Sterling zahlen – zweihundertachtundneunzig Pfund und neun Shilling zum offiziellen Kurs von siebenundsechzig Zlotys für ein Pfund. Es eilt selbstverständlich nicht. Sie können uns den Scheck zu gegebener Zeit schicken. Schreiben Sie ihn auf Catacomb und Priddle aus, und wir werden Gumschott seinen Anteil schicken.«
Erst als er auf der Straße war, wurde Hilliard klar, daß er sich von Catacomb hatte einwickeln lassen. Charlotte würde ihm das nie verzeihen. Sie würde darauf hinweisen, daß, wenn man von einem Professor der Logik und Metaphysik an einer ehrwürdigen Universität erwartete, daß er einhundertfünftausendzweihundertfünfundvierzig Zlotys in zehn Tagen in Warschauer Nachtlokalen ausgäbe, man zwei literarische Agenten hätte hinschicken können, damit sie in den dortigen Nachtlokalen innerhalb

von drei Tagen neunzehntausendneunhundertsechsundneunzig Zlotys ausgaben. Charlotte würde ihn daran erinnern, daß, abgesehen von seinen hundert Pfund in Travellerschecks, die er zum Glück wahrscheinlich gar nicht brauchen würde, er nur hundertachtundvierzig Pfund auf der Bank hatte. Aber Geschäft war Geschäft: da er nun einmal feige genug gewesen war, Catacombs Sterlingsforderung anzuerkennen, würde er darauf vertrauen müssen, die Zlotys, die er erübrigte, in London zu einem nicht allzu ungünstigen Kurs umwechseln zu können.

Als er sich am nächsten Morgen im Büro der Fluggesellschaft einfand, damit sein Flugschein geprüft und sein Gepäck gewogen wurde, sah Hilliard, daß er der einzige Brite in einer langen Schlange von erbärmlichen Slawen war, deren Augen so undurchsichtig waren wie die Fenster in einer Toilette. Nachdem er diese Formalitäten erledigt hatte, kaufte er sich einen *Daily Telegraph*, und als er gerade wieder von dem Zeitungsstand weggehen wollte, stieß er auf einen jungen Polen mit makellosen Stahlzähnen, der ihn angrinste und sagte:

»Wer seine Bibel nicht gründlich liest Tag für Tag,
auf seine Zeitung nur ungern verzichten mag.

Das ist, glaube ich, von Crabbe – dem Dichter natürlich, nicht dem Froschmann.«

Da Hilliard sich nie gut mit Ausländern, selbst ›gebildeten‹, unterhalten konnte, war er erleichtert, als einer der Klips seiner neuen Hosenträger aufging, und da er ihn auf der Toilette wieder befestigen mußte, hatte er einen Vorwand, um sich von dem jungen Mann zu trennen. Er hatte sich die Hosenträger gleichzeitig mit seinem schwarzen Raglanmantel gekauft. Charlotte hatte gesagt, bei diesen modernen Hosenträgern würde er sich nicht damit abplagen müssen, Knöpfe anzunähen, wenn einer von ihnen, während er in Warschau war, abriß, und er hatte zu sehr gefürchtet, sie zu verletzen, wenn er sie bat, für alle Fälle ein Paar gewöhnliche einzupacken.

Als der Omnibus gemeldet wurde, war Hilliard der letzte, der einstieg. Während der junge Mann mit den Stahlzähnen allein hinten auf einem Doppelsitz saß, setzte sich Hilliard auf einen leeren Doppelsitz vorn. Das Brummen des Motors war nicht so laut, daß es die Unterhaltung seiner Nachbarn übertönte, aber da er nicht verstand, wovon sie sprachen, konnte er des Glaubens sein, es sei ein kluges Gespräch. Auf den Gehsteigen wimmelte es von Büroangestellten, die zu ihrer Arbeit eilten, von der man nicht recht wußte, woraus sie bestand. Hilliard glaubte nicht, daß selbst ein aufputschendes Mittel ihren müden Gesichtern, die dazu geschaffen waren, gähnend fotografiert zu werden, Leben einzuhauchen vermöchte.

Aber Admiral Sir David Doddicks Gesicht gehörte zu dem positiven Typ, und das Bild im *Daily Telegraph*, auf dem man sah, wie er auf den Stufen zum Elysée General de Gaulles frostige Flosse schüttelte, zeigte das berühmte energische Kinn, wie es wirklich war. Der Admiral hatte, wie der *Daily Telegraph* schrieb, dem französischen Präsidenten einen Höflichkeitsbesuch abgestattet, um Kriegserinnerungen auszutauschen. Zwischen Reklamebildern junger Frauen in den schwarzen Panzern der Korsettindustrie brachte der *Daily Telegraph* auch Nachrichten über Sportnieten und Mr. Macmillan, aber Hilliard nahm sich nicht die Mühe, das zu lesen. Mit fünfzig hatte er bereits das bekommen, was Arnold Bennetts Biograph einen Schlag der Zeit auf die Schulter nennt, und fand, daß es seinen Augen weh tat, Kleingedrucktes in schnell fahrenden Vehikeln zu lesen.

Sie hatten rasch die Scharen der Büroangestellten hinter sich gelassen, und der Bus fuhr bald darauf an kleinen banalen Einfamilienhäusern und Frauen vorüber, die Kinderwagen schoben. Da er fürchtete, daß die anderen Fahr-

gäste es vielleicht versäumen könnten, erwiderte Hilliard das Winken einer Kinderschar in einem Garten.
»Vielleicht steckt hinter der Begegnung mehr, als das Bild erkennen läßt.« Zu Hilliards Mißvergnügen war der junge Pole mit den Stahlzähnen nach vorn gekommen, hatte sich neben ihn gesetzt und deutete auf das Foto des Admirals und General de Gaulles im *Daily Telegraph*, der noch aufgeschlagen auf Hilliards Knien lag.
»Natürlich nicht. So hinterhältig sind wir nicht – leider.« Hilliard wollte mit diesen Worten dem anderen die Lust an einem Gespräch nehmen. »Der Admiral ist ein alter Seemann. Der General ist ein alter Soldat. Was ist darum natürlicher, als daß er und Tomate wieder einmal zusammensein und über ihre Kriegserlebnisse sprechen möchten.«
»Tomate – Sie kennen also den Admiral?«
»Natürlich nicht. Wie kommen Sie auf den Gedanken?«
»Wenn Sie den Admiral nicht kennen, warum nennen Sie ihn dann bei seinem Spitznamen?«
»Das ist bei uns in England Brauch, wenn Leute berühmt sind. Jeder nennt Montgomery ›Monty‹. Jeder nennt Doddick ›Tomate‹.« Hilliard war tatsächlich einmal von dem Admiral angesprochen worden, aber er sah keinen Grund, das dem Polen zu erzählen. Der Admiral und er hatten in nebeneinander stehenden Sesseln im Rauchzimmer des Athenaeum gesessen. Hilliard hatte *The Hibbert Journal* und der Admiral *Men Only* gelesen. »Es sieht so aus, als ob die Zeitschrift sich weiter nur an Lords wende«, hatte der Admiral gesagt, als er aufgestanden und fortgegangen war.
»Sind Sie vielleicht selber im Krieg bei der Marine gewesen?« fragte der junge Pole.
»Nein.«
»Bei der Infanterie?«
»Nein.«

»Dann vielleicht bei der Luftwaffe?«
»Nun, wollen wir nicht einfach sagen, ich habe meine Pflicht getan?«
»Ich verstehe – Geheimdienst.«
»Wenn Sie es genau wissen wollen, in einer Besoldungskompanie.«
»Dann müssen Sie Mathematiker sein.«
»Im Gegenteil. Ich bin Philosoph.«
»Wittgenstein sagt, es kann kein unanfechtbares philosophisches System geben, das sich nicht auf Mathematik und Naturwissenschaft gründet.«
»Dann wird Wittgenstein mich als schlechten Philosophen betrachten müssen.«
»Philosophen dürfen nicht länger in den Wolken schweben. Sie müssen mit ihrem Fuß auf der Erde stehen.«
»Füßen«, verbesserte Hilliard scharf, schämte sich dessen aber fast im gleichen Augenblick. Was für ein Recht hatte er, der nicht ein einziges polnisches Wort konnte, dem jungen Mann eines trivialen Fehlers wegen einen Nasenstüber zu versetzen? Um seine Bissigkeit wiedergutzumachen, sagte er: »Sie haben ganz recht. Meine Frau sagt mir auch immer, ich sei viel zu unpraktisch.«
»Meine Frau hilft mir auch mit ihren Ratschlägen und Überlegungen. Die Familie, finde ich, ist eine kleine Treueinsel. Wenn es keine Treue in der Familie gibt, kann es keine Treue in der Nation geben.«
»Das ist auch meine Meinung.«
»In London haben viele Mädchen versucht, mich von der kleinen Treueinsel, auf der ich mit meiner Frau lebe, wegzulocken, aber weil ich wußte, daß meine Frau in Warschau mir so treu wie Gold war, blieb ich ihr in London auch treu wie Gold, und ich habe die Mädchen, die mich verführen wollten, abblitzen lassen.«
»Das spricht für Sie.« Hilliard war mit Charlotte immer auf einer kleinen Treueinsel geblieben – eine Universität

bot so wenig Gelegenheit zum Ehebruch wie eine Rolltreppe –, aber er war keineswegs sicher, daß Charlotte mit ihm immer auf einer kleinen Treueinsel geblieben war. In ihrer Jugend war Charlotte hübsch gewesen, und da waren jener Tierpräparator in Torquay im Jahre neunzehnhundertsiebenunddreißig und die beiden unbenutzten Eintrittskarten für den ›Messias‹, zu dem sie mit ihm hatte gehen sollen, in ihrem Toilettentisch.

»Ich nehme aber nicht an, daß Admiral Tomate immer mit Lady Tomate auf einer kleinen Treueinsel gelebt hat. Admiral Tomate hatte wahrscheinlich in jedem Hafen eine Lady Tomate.«

»Als er jung war, vielleicht, wer weiß?«

»Ich finde es sehr angenehm, jung zu sein. Wahrscheinlich hat Ihr Admiral Tomate es auch gefunden. Ich glaube, daß Ihr Admiral Tomate in seiner Jugend sich im warmen Klima des Südens gern mit Haufen von Lady Tomates in der Sonne hat schmoren lassen.«

»Sicherlich.«

Hilliard, dem das Geschwätz des jungen Polen bis zum Hals stand, überlegte, was er heute morgen in seinem Hotelzimmer eingepackt hatte, um sicher zu sein, daß er nichts hatte liegen lassen, wie es ihm Charlotte prophezeit hatte. Aber Charlotte hatte sich geirrt. Er hatte weder vergessen, seinen Schwammbeutel, noch seinen Pyjama, noch die Nagelschere einzupacken, die er sich bei Boots noch vor der Erfindung der Linguistischen Analyse gekauft, und die Hitlers ›Drittes Reich‹ und die Vierte Französische Republik bereits überdauert hatte. Dagegen hatte er vergessen, seinen Koffer abzuschließen, nachdem er ihn gepackt hatte. Das war eine Unterlassung, die sich schwer ungeschehen machen ließ, wenn, wie es heutzutage meistens geschah, auf dem Flughafen keine Zollkontrolle war und das Gepäck der Passagiere sofort vom Bus in das Flugzeug verladen wurde. Wenn die Gepäckträger

jedoch nicht allzu flink waren, bestand die Chance, daß er den Koffer würde abschließen können, wenn sie auf dem Flughafen anlangten.
Er hatte Glück. Obwohl er bei weitem nicht der erste war, der aus dem Bus ausstieg, sah er, als er nach hinten lief, den braunen Koffer, den Charlotte für ihn bei Selfridge erstanden hatte, oben auf einem Karren liegen, um den sich niemand kümmerte. Als er gerade den Schlüssel in das erste Schloß stecken wollte, um es abzuschließen, wurden seine Arme von hinten umklammert. Er wurde herumgezogen und sah sich einer Säge von funkelnden Stahlzähnen gegenüber.
»Warum versuchen Sie, meinen Koffer aufzubrechen?« fragte der junge Pole wütend.
»Es ist nicht Ihr Koffer, es ist meiner.« Hilliard, der dunkelrot geworden war, bückte sich, um den Namen auf dem Kofferschild zu lesen, das ihm der Pole hinhielt, damit er sich davon überzeuge. Zu seinem Entsetzen sah er, daß Karminski darauf stand.
»Vielleicht werden Sie es mir jetzt glauben.« Der Pole zitterte immer noch vor Wut.
»Es tut mir furchtbar leid, aber ich hätte schwören mögen, daß es meiner ist.«
Hilliard lenkte die Aufmerksamkeit des Polen auf einen zweiten braunen Koffer, den ein Gepäckträger oben auf einen anderen Karren gelegt hatte. »Wie Sie sehen, gleichen sie sich wie ein Ei dem anderen. Im Bus auf der Fahrt hierher fiel mir plötzlich ein, daß ich vergessen hatte, meinen abzuschließen, aber ich hätte natürlich erst auf das Schild sehen müssen.«
Zu Hilliards Erstaunen rannte der junge Pole zu dem zweiten Karren hinüber und probierte jedes Schloß an dem anderen Koffer.
»Ja«, sagte er, als beide Schlösser aufgesprungen waren. »Es stimmt. Sie hatten vergessen, ihn abzuschließen.«

»Lieber Gott! Wollen Sie damit sagen, daß Sie mir nicht geglaubt haben?«
»Nun, ich glaube ihnen jetzt. Und darauf allein kommt es an. Und wenn Sie so freundlich sein wollen, mir Ihren Schlüssel zu geben, dann werde ich mich nur allzu gern damit entschuldigen, ein ungläubiger Thomas gewesen zu sein, daß ich Ihren Koffer für Sie abschließe.«
»Vielen Dank, aber ich möchte es lieber selber tun.« Hilliard nahm sich mehr Zeit dafür, als nötig war, damit er nicht mit dem Polen in den Flughafen hineingehen mußte, und in dem Warteraum mied er ostentativ seine Gesellschaft.

ES WAR EIN POLNISCHES FLUGZEUG, UND IN roten Buchstaben stand darauf *Polski Linie Lotnicze.* Obwohl Hilliard zu den letzten gehörte, die die Gangway hinaufstiegen, hatte er wieder das Glück, einen Doppelsitz in der Mitte für sich allein zu bekommen. Als er sich umdrehte, um zu sehen, wohin die Stewardeß seinen Mantel gehängt hatte, sah er, daß Karminski hinten mit einem anderen jungen Polen zusammensaß, den Hilliard weder im Bus noch im Warteraum gesehen hatte. Das Gesicht dieses zweiten jungen Polen wirkte so hart und unfreundlich, daß Hilliard sich fragte, ob er nicht vielleicht so etwas wie ein Geheimpolizist sei. Wenn die BOAC während des Flugs Autoren besonders zuvorkommend behandelte, konnte es dann nicht sein, daß die *Polski Linie Lotnicze* Ausländer beschatten ließ? Hatte Karminski dem anderen Polen nicht gesagt, wie er Hilliard dabei überrascht hatte, als er vorm Flughafen einen Schlüssel in seinen Koffer steckte? Wenn es so war, vermochte Hilliard nichts dagegen; das Flugzeug fuhr jetzt über die Rollbahn, und er war schon so gut wie hinter dem Eisernen Vorhang, wo der Schutz durch einen britischen Paß so illusorisch war wie in Douglas auf der Insel Man.
Allmählich jedoch halfen ihm die Reihen der eitlen und häßlich geformten Köpfe vor ihm, die in englischer, polnischer und deutscher Sprache aufflammenden Leuchtschilder ›Nicht rauchen‹ und ›Schnallen Sie Ihren Sicherheitsgürtel fest‹ und das Esperanto des kleinen Hinterteils der Stewardeß, in das niemand kneifen konnte, Karminski und dessen Freund zu vergessen. Bald hatte sich das Flugzeug in die Lüfte geschwungen, und man sah tief unten das unwirkliche Relief des Landes, dessen Felder und Häuser zu Briefmarken und winzigen Wetterhäuschen, aus denen Mann und Frau abwechselnd heraustre-

ten, zusammengeschrumpft waren, und kleine Autos krochen über unsichtbare Verkehrsadern wie niedliche Spielzeuge. Konnte es nicht sein, daß der Anblick einer verkleinerten Welt, dachte Hilliard, die Erklärung für Gottes offenbare Gleichgültigkeit all dem Leid und der Einsamkeit gegenüber war, die unter ihm ständig kreisten? Aber diese Vorstellung war, wie ihm rasch klar wurde, unhaltbar: wenn Gott existierte, war er weder oben, noch unten, noch neben einem. Als Hilliard wieder aus dem kleinen Fenster blickte, flogen sie über die See, die im Winde flatterte wie das seidene Kleid eines Mädchens.

»Fliegen Sie nach Ost-Berlin oder nach Warschau?« Zu Hilliards Überraschung war Karminski nach vorn gekommen und hatte sich wieder neben ihn gesetzt, und sein Gesichtsausdruck war so freundlich, als ob das Versehen mit dem Koffer nie passiert wäre.

»Nach Warschau.«

»Warschau ist eine noble Stadt. Ich glaube, sie wird Ihnen gefallen. Sprechen Sie Polnisch?«

»Nicht ein Wort, ich muß es zu meiner Schande gestehen, aber ich hoffe, mit meinem Deutsch einigermaßen durchzukommen.«

»In Polen Deutsch zu sprechen, ist nicht klug. Es ist klüger, dort Französisch zu sprechen. Sprechen Sie Französisch?«

»Viel besser als Deutsch. Deutsch kann ich am schlechtesten.«

»Und welche anderen fremden Sprachen sprechen Sie?«

»Italienisch und Spanisch, aber ich bringe sie meistens durcheinander.«

»Für einen Engländer sprechen Sie ja viele fremde Sprachen – viel zu viele, als daß Sie in eine Besoldungskompanie gepaßt hätten.«

»So geht es nun einmal in Armeen zu. In der deutschen

Armee auch – zum Glück für uns übrigens, denn sonst hätten wir den Krieg vielleicht nicht gewonnen.«

»Ich weiß von diesen Dingen nicht viel. Als in Polen Krieg war, war ich noch zu jung, um mitzukämpfen.«

»Natürlich. Daran hätte ich denken müssen.« Mit fünfzig konnte ein Mann das Alter nur nach Falten schätzen und nicht danach, wie weit sie fehlten. Alamein mit Höhe sechzig und Flodden waren bereits nur noch eine nebelhafte Erinnerung, und eine neue Generation von Mördern und ihren Opfern war herangewachsen. Da die Erinnerung der Physiologie unterworfen war, was konnte man da von dem ›gerechten und dauerhaften Frieden‹ erhoffen, von dem die Politiker unentwegt plapperten?

»Sie fragen sich vielleicht, wo ich mein ausgezeichnetes Englisch gelernt habe. Ich habe mein ausgezeichnetes Englisch in unserer Botschaft in London gelernt. Ich bin viele Male bei unserer Botschaft in London tätig gewesen.«

»Sie sind also Diplomat, Herr Karminski?«

Da Karminski nur lächelte, statt die Frage zu beantworten, wurde Hilliard ihm gegenüber von neuem mißtrauisch. Es war nur allzu bekannt, daß Sowjetrußland und seine Satelliten ihre Botschaften als Kommandotürme benutzten, und Spione waren die ersten, die andere verdächtigten, ihnen nachzuspionieren. Hatte Karminski deshalb Hilliard nicht geglaubt, daß er vergessen hatte, seinen Koffer abzuschließen, und war hinübergelaufen, um sich selbst davon zu überzeugen, weil er angenommen hatte, Hilliard sei so etwas wie ein M. I. 5-Agent, der auf tölpelhafte westliche Weise versuche, etwas auszukundschaften? War Karminski jetzt seiner ganz sicher? Hatte seine Bemerkung, daß Hilliard für einen Soldaten in einer Besoldungskompanie zu viele fremde Sprachen spreche, nicht andeuten sollen, daß Hilliard im Geheimdienst gearbeitet habe und wahrscheinlich noch arbeite?

»Vielleicht ist es gut, daß Sie kein Polnisch sprechen. So werden Sie, wenn ein hübsches Mädchen in Warschau nein sagt, glauben können, es habe ja gesagt, und das wird für Sie sehr erfreulich sein.« Karminski schien vergessen zu haben, was er in dem Bus von den kleinen Treueinseln gesagt hatte.
»Ist dies Ihre erste Reise nach Polen?«
»Ja.«
»Dann sind da viele Dinge, die Sie über das Land erfahren müssen. Und das erste, was Sie wissen müssen, ist, wie man schnell einen Schnaps bekommt.«
Karminski drehte sich um, kratzte mit dem Zeigefinger an seinem Adamsapfel, und binnen weniger als einer Minute hatte die Stewardeß eine Flasche Wodka und zwei kleine Gläser gebracht. Karminski füllte beide Gläser und reichte das eine Hilliard. »*Hop-siup*, so sagen wir, wenn wir jemandem zuprosten.«
Wollte er ihn damit verleiten, etwas Unbesonnenes zu sagen? Nachdem Hilliard ein oder zwei Schluck getrunken hatte, konnte er über den Gedanken fast kichern: die nackte Wahrheit über die Besoldungskompanien der Königlichen Armee konnte dem Osten nur helfen, einen heißen Krieg zu verlieren, nicht aber zu gewinnen.
»Das zweite, was Sie über unser Land wissen müssen, ist, daß es eine politische Demokratie ist, in der die Vielen nicht um der Wenigen willen ausgebeutet werden. Gomulka ist nicht wie Franco.«
»Ich habe davon gehört.«
»Schweine zum Beispiel. Neunzehnhundertneunzehn wurden in Polen fünfeinhalb Millionen gezüchtet. Neunzehnhundertachtundfünfzig waren es zwölfeinhalb Millionen. Genauso ist es mit dem Stahl. Neunzehnhundertdreizehn sind eintausendeinhundertsiebenundsechzig Millionen Tonnen erzeugt worden, neunzehnhundertachtundfünfzig fünftausendsechshundertsiebenunddrei-

ßig Millionen Tonnen. Dennoch müssen wir auch unsere Fehler bekennen. Die Zahl der Mädchen in den Bars von Warschau hat seit der Oktoberrevolution neunzehnhundertsechsundfünfzig fast im gleichen Verhältnis zugenommen wie die der Schweine und der Stahlproduktion. ›Seit-Oktober-Mädchen‹ nenne ich sie, aber ich glaube nicht, daß sie für unser Land ebenso nützlich sind wie Schweine und Stahl, wenn sie auch vielleicht für die westlichen Kapitalisten nützlicher sind.«

Hilliard stimmte dem zu. Die Antwort für den Westen, dachte er, vom Wodka schon ein wenig benebelt, waren *Ballets roses* im Kreml und Golf in Odessa. Entweder das oder der Vorsitzende der Freien Kirche von Schottland, der zwischen Downing Street zehn und dem Weißen Haus hin und her fuhr. »Jetzt trinken wir die andere Hälfte«, sagte Karminski, als er beide Gläser wieder füllte.

Während des Lunchs tranken sie weiter, und als die Maschine im Ostberliner Flughafen Schönefeld landete, um neu zu tanken, fragte sich Hilliard, wie er so blöde hatte sein können, zu glauben, daß ein netter Mann wie Karminski ihn für einen M. I. 5-Schnüffler habe halten können.

Da die Stewardeß damit beschäftigt war, anderen Passagieren in ihre Mäntel zu helfen, nahm Hilliard seinen Raglan selber vom Bügel. Ein Beamter in Khakiuniform mit grünen Schulterstücken lächelte ihn freundlich an, als er ihm seinen Transitpaß reichte, und in riesigen blauen Buchstaben stand über der braunen Fassade, die viel weniger düster aussah, als Hilliard es seinen Kollegen gegenüber später behaupten würde: *Deutsche Demokratische Republik*. Der muffige Warteraum, in den die Transitpassagiere geführt wurden, war so friedlich undialektisch wie die Toilette, in die Hilliard eilte, um seine widerspenstigen Hosenträgerklips zu befestigen. Als er herauskam, warteten Karminski und der wie ein Polizist aussehende Pole vor der Tür.

»Mein Freund hier fürchtet, Sie könnten vielleicht seinen statt Ihren eigenen Mantel angezogen haben«, sagte Karminski.

Zwei Blicke genügten: der Mantel, den der andere Pole Hilliard hinhielt, damit er ihn in Augenschein nehme, war Hilliards schwarzer Raglan, während der, den er anhatte, ein mitternachtsblauer war, genau wie der, von dem Charlotte gesagt hatte, Hilliard sei zu alt für ihn. Als der Pole Hilliard den Mantel abgenommen hatte, zeigte er ihm das Etikett des Schneiders.

»Meiner ist auch ein Aquascutum, und da es hinten in dem Flugzeug dunkel war...«

»Aber bitte, das macht nichts.«

Hilliard bemerkte jedoch, daß Karminskis Freund, kaum daß er den mitternachtsblauen Raglan angezogen hatte, sorgfältig in beide Taschen griff, und als die beiden Polen zu der Kaffeetheke hinübergingen, forderten sie Hilliard nicht auf, sich ihnen zuzugesellen.

DRITTES KAPITEL

UM FÜNFUNDZWANZIG MINUTEN NACH DREI fuhr das Flugzeug wieder über die Rollbahn und hob sich bald darauf von einem unebenen Feld zum grauen Himmel empor. Karminski saß mit seinem wie ein Polizist aussehenden Freund wieder hinten, und das beunruhigte Hilliard. Binnen weniger Stunden war er dabei ertappt worden, wie er versucht hatte, seinen Schlüssel in Karminskis Koffer zu stecken, und wie er den Mantel von Karminskis Freund anhatte: zwei solche Fehler, kurz nacheinander begangen, waren für die Vertreter eines humorlosen Regimes vielleicht zu viel, um sie einem Zufall zuzuschreiben. Er war darum erleichtert, als Karminski wieder nach vorn kam und sich auf den leeren Platz neben ihm setzte.

»Lodz.« Karminski deutete durch das Fenster auf ein fernes Gewirr von Häusern und Türmen. »Das Zentrum von Polens Textilindustrie; sechshundertsechsundneunzigtausend Einwohner und nur zwei Prozent davon ›Seit-Oktober-Mädchen‹. Mein Freund bittet mich, Ihnen zu sagen, Sie sollten sich keine Gedanken mehr darüber machen, daß Sie seinen Mantel angezogen haben. Mein Freund und ich sind wie Brüder, und darum weiß ich, daß Sie ihm glauben können, wenn er versichert, er wisse, Sie hätten seinen Mantel nur versehentlich angezogen. Ich möchte nicht neugierig wie eine Katze erscheinen, aber wie lange haben Sie vor, in unserer Hauptstadt zu bleiben?«

»Zehn Tage. Mehr wollte mir Ihr Londoner Konsulat nicht bewilligen.«

Er sagte sich, wenn er zeigte, daß er nichts zu verbergen hatte, war das vielleicht die beste Methode, Karminski und dessen wie ein Polizeibeamter aussehenden Freund davon zu überzeugen, daß es bei ihm nichts zu entdecken

gab. Und so schlug Hilliard seinen Paß auf der Seite auf, auf der sich der Stempel des polnischen Visums befand.
»*Listopada* heißt doch wohl November?«
»Des November. Es ist der Genitiv von *Listopad*, was im Polnischen bedeutet: der Monat der fallenden Blätter.«
»Aber das ist ja sehr poetisch!« rief Hilliard erfreut und dachte, seine zweite Angst sei ebenso unbegründet gewesen wie seine erste: eine Nation, die einem Monat einen so bezaubernden Namen gab, konnte unmöglich Geheimpolizei in Zivilkleidung in den Maschinen ihrer Fluglinien mitfliegen lassen.
»Und der Dezember, wie nennen Sie den? Den Monat des fallenden Schnees?«
»Den Monat des gefrorenen Bodens. Alle unsere Monate haben überaus schöne Namen. Wenn Sie wollen, werde ich sie Ihnen aufschreiben.«
Karminski riß ein Blatt aus einem Notizbuch und schrieb darauf, wobei er Hilliards Paß als Unterlage benutzte. Januar, der Monat des Waldes der Begegnung, Oktober, der Monat der Flachsernte, waren die Namen, die Hilliard auf der Liste, die Karminski ihm reichte, am besten gefielen.
»Sie sind ein vielgereister Mann, wie ich sehe, Professor Hilliard«, sagte Karminski, als er ihm den Paß zurückgab, den er offenbar genau studiert hatte, während Hilliard die Namen der polnischen Monate und ihre Übersetzung durchgelesen hatte.
»Ich muß viel reisen: mein Beruf zwingt mich dazu, an Konferenzen von Hochschullehrern in der ganzen Welt teilzunehmen.«
»Und das ist auch der Grund Ihres Besuches in Warschau – an einer Konferenz von Hochschullehrern teilzunehmen?«
»Nein, diesmal ist der Grund etwas persönlicher: ich bin eingeladen worden, einen Vortrag vor der Warschauer

Metaphysischen Gesellschaft zu halten.« Selbst sein polnischer Ruhm, schien es, war nur relativ. Einer Million Polen, die sein Buch gelesen hatten, standen immerhin noch neunundzwanzig Millionen Polen gegenüber, die es nicht gelesen hatten. Karminski mußte einer von diesen sein, sonst hätte er Hilliards Namen gekannt. Vielleicht zum hundertsiebenundvierzigstenmal schleppte sich die Stewardeß durch den Mittelgang. Sie begann müde auszusehen – ein Zipfel ihrer weißen Seidenbluse war aus dem Rock gerutscht. Hilliard lächelte sie mitfühlend an, als sie zurückkam, und die Stewardeß erwiderte das mit einem komischen Grinsen.

»Sie sind wie mein Vater, sehe ich«, sagte Karminski. »Obwohl er schon siebzig ist und eine Brille zum Lesen braucht, muß er sie nie aufsetzen, um zu sehen, wenn ein Mädchen hübsch ist. Ich glaube nicht, daß die Mädchen, die die Warschauer Metaphysische Gesellschaft zu Ihrer Begrüßung zum Flughafen Okecie schicken wird, auch hübsch sein werden. Ich glaube, es werden Blaustrümpfe mit schwarzen Schnurrbärten sein.«

Schwarze Schnurrbärte oder nicht, Hilliard bezweifelte, daß die Blaustrümpfe der Warschauer Metaphysischen Gesellschaft von der Sachverständigkeit, mit der er das dysteleologische Irrationale erklärte, beeindruckt sein würden, wenn ihm beim Verlassen des Flugzeuges die Hose herunterrutschte, und so ging er in die Toilette, um sich davon zu überzeugen, daß seine Hosenträger fest saßen. Als er zurückkehrte, standen die Wodkaflasche und die beiden kleinen Gläser wieder da.

»Bevor wir landen, müssen wir noch auf Ihren Vortrag anstoßen, Professor Hilliard.«

»Gut. Aber diesmal werde ich die Schnäpse bezahlen – die Stewardeß wird doch wohl Travellerschecks einwechseln können?«

»Die Stewardeß wird keinen Travellerscheck einwechseln

können. Nur die *Narodowy Bank Polski* oder ein Hotel, das von der *Narodowy Bank Polski* dazu ermächtigt ist, kann Travellerschecks einlösen. Die *Narodowy Bank Polski* benötigt Reserven ausländischer Devisen, und sie kann es sich nicht erlauben, daß ihr Devisen durch die Finger schlüpfen. Aber wenn Sie wirklich einen Schnaps für mich bezahlen wollen, dann wird es mir eine große Freude sein, Sie in Ihrem Hotel aufzusuchen. In welchem Hotel werden Sie während Ihres Aufenthalts in Warschau wohnen?«

»Im ›Leningrad‹.«

»Dann werde ich Ihnen im ›Leningrad‹ einen Besuch abstatten. Hop siup! Auf daß Sie beredsam und überzeugend zu den Blaustrümpfen mit den schwarzen Schnurrbärten der Warschauer Metaphysischen Gesellschaft sprechen!«

Karminski hatte kaum der Stewardeß die Schnäpse bezahlt, da flammten die Leuchtschilder ›Nicht rauchen‹ und ›Sicherheitsgürtel festschnallen‹ wieder auf. Tief unter dem Flugzeug neigte sich die Erde wie eine riesige grüne Untertasse, die man einer unsichtbaren Katze vor den Mund hält. Hilliard schloß die Augen, bis er das beruhigende Rollen der Räder spürte, und er überzeugte sich, daß der Mantel, den ihm die Stewardeß brachte, der seine war. Dann erst zog er ihn an.

»Und ich gebe Ihnen diese, damit Sie nicht den dritten Fehler an diesem Tage begehen und meine nehmen«, sagte Karminski und reichte Hilliard seine Aktentasche.

»Professor Hilliard, es hat mich sehr gefreut, die Bekanntschaft eines distinguierten britischen Philosophen zu machen.«

»Und mich, einen distinguierten polnischen Diplomaten kennenzulernen.«

Aber Hilliards Gedanken waren nur halb bei dem, was er sagte. Wenn nun die Warschauer Metaphysische Gesellschaft vergessen hatte, auch nur einen Blaustrumpf mit einem schwarzen Schnurrbart zu seiner Begrüßung zu schicken, und wenn es keine Filiale der *Narodowy Bank Polski* auf dem Flughafen gab, woher sollte er dann die Zlotys nehmen, um den Omnibus zum Büro der Fluggesellschaft und ein Taxi von dort zum Hotel bezahlen zu können?

Er hätte sich deswegen keine Sorgen zu machen brauchen. Kaum erschien er oben auf der Treppe, da hallten ihm laute Begrüßungsrufe von einer Gruppe von Menschen entgegen, die auf dem Platz davor warteten. Blitzlichter flammten auf, und Taschentücher flatterten. Das einzige, was zu fehlen schien, war eine Ehrenkompanie, die er abschreiten mußte, und eine Kapelle. Das dysteleologische Irrationale war schließlich doch noch zu seinem Recht gekommen.

VIERTES KAPITEL

DIE FERNSEH- UND WOCHENSCHAUFOTOGRAFEN schossen wie wild, als Hilliard die Stufen hinunterstieg. Als er unten anlangte, hielt ihm ein Mädchen, das bestimmt keinen schwarzen Schnurrbart hatte, ein Mikrophon vor den Mund.

»Professor Hilliard, würden Sie so freundlich sein und ein paar Begrüßungsworte an das polnische Volk richten?«

»Ich bin sehr glücklich, hier zu sein. Es ehrt mich, daß mein Buch in Ihrem Lande so stark verbreitet ist.« Hilliard begann Mitgefühl mit herumreisenden Staatsmännern zu haben: für die gesichtslosen Millionen etwas Vernünftiges aus dem Ärmel zu schütteln, war viel schwerer, als er es sich vorgestellt hatte. »Professor Hilliard, würden Sie bitte dem polnischen Volk Ihre Meinung über friedliche Koexistenz mitteilen?«

»Ich glaube, friedliche Koexistenz ist unter der Voraussetzung möglich, daß der Osten lernt, dem Westen zu vertrauen, und der Westen lernt, dem Osten zu vertrauen.« Macmillan, Kennedy, Chruschtschow – wenn es um ein delphisches Orakel ging – konnte er ebenso dunkel sprechen wie der beste von ihnen.

»Professor Hilliard, würden Sie bitte dem polnischen Volk sagen, was Sie von den Romanen von Miß Iris Murdoch halten?«

»Ich halte Miß Iris Murdochs Romane für ausgezeichnet.« Sie mußten es sein, Charlotte hatte sie nie gelesen. Selbst Karminski und sein wie ein Polizeibeamter aussehender Freund glotzten ihn nicht mehr an, und die anderen Passagiere lächelten mit der schleimigen Ehrfurcht, mit der Hilliards Kollegen zusahen, wenn der Herzog von Edinburgh Ehrentitel verlieh. Weil er schon Blumensträuße in den Armen hielt, die die *Tribuna Ludu* und die *Zycie Warszawy* ihm hatten überreichen lassen, ließ Hilliard einen dritten, der von der *Nowa Wies* kam, fallen, aber er war der Held des Augenblicks, und das Lachen, das diese Szene begleitete, war freundlich. Es dauerte nicht lange, und Witkowski, sein Verleger, hielt zehn Buketts für ihn in den Armen.

Als die offiziellen Ansprachen vorüber waren, war das Interesse von Hilliards Mitreisenden erloschen, und als Witkowski ihn endlich zum Zoll führen konnte, waren sie verschwunden, und Hilliards brauner Koffer war das einzige Gepäckstück, das noch auf der Theke stand. Der Träger riß den Gepäckschein ab, ohne sich die Mühe zu machen, ihn mit der Hälfte, die Hilliard hatte, zu vergleichen. Der Zollbeamte stempelte Hilliards Erklärung über die Einführung ausländischer Devisen, ohne auch nur auf den darauf verzeichneten Betrag zu achten, und als er den Koffer mit einem Kreidestrich versehen hatte, fragte er, ob Hilliard die Güte habe, sein Exemplar der *Symfonia Dysonansow* mit seinem Autogramm zu versehen.

»Sie sehen, wie viele Leser Sie in Polen haben«, sagte Witkowski. »Die Polen sind an Philosophie ungewöhnlich stark interessiert.«

»Es sieht so aus.« Wer, dachte Hilliard, konnte sich einen Zollbeamten Ihrer Majestät in Dover vorstellen, der ein Exemplar von *Language, Truth and Logic* herausholte, damit A. J. Ayer es signierte?

»Ich glaube, Ihr Aufenthalt in Polen wird sehr erfreulich sein«, sagte Witkowski, als er Hilliard an einer weiteren Schar winkender und ihn mit lauten Rufen begrüßender Menschen vorüber zu seinem Auto führte. »Doch da ist noch ein Haar in der Suppe. Der britische Botschafter hat die Metaphysische Gesellschaft wissen lassen, daß er zu seinem Bedauern Ihrem Vortrag morgen abend nicht beiwohnen kann, da er für ein paar Tage aufs Land fährt. Die Beamten vom British Council haben ebenfalls der Metaphysischen Gesellschaft mitgeteilt, daß sie leider Ihrem

Vortrag morgen abend nicht beiwohnen können, da auch sie ein paar Tage auf dem Lande verbringen. Zweifellos verbringen der britische Botschafter und die Beamten vom British Council die paar Tage auf dem Lande zusammen.«

»Zweifellos.« Aber Hilliard hielt es für viel wahrscheinlicher, daß der britische Botschafter und die Beamten vom British Council einfach nicht am dysteleologischen Irrationalen interessiert waren.

Niemand sonst fuhr in dem Auto mit, und kaum hatte es sich in Bewegung gesetzt, da reichte Witkowski Hilliard einen Umschlag. »Sie finden darin zehntausend Zlotys. Es hat keinen Sinn, Ihnen mehr zu geben, da Sie in zehn Tagen doch nicht mehr ausgeben können. Wir werden darum den Rest für Sie aufheben, bis Sie uns einmal wieder besuchen, da die polnische Nationalbank Ihnen weder Sterling geben, noch Ihnen gestatten wird, das Geld mitzunehmen, wenn Sie das Land verlassen. Wenn Sie bei dem Versuch gefaßt würden, es herauszuschmuggeln, würden Sie ins Gefängnis gesteckt, und selbst wenn es Ihnen gelänge, glaube ich nicht, daß Sie einen Käufer für die Zlotys finden würden. Sehen Sie mal!« Witkowski deutete mit dem Zeigefinger auf einen deprimierenden Zementklotz, der am Fenster vorüberglitt. »Arbeiterhäuser.«

Hilliard fiel es schwer, Interesse zu heucheln. Was Witkowski ihm eben gesagt hatte, war ein größeres Haar in der Suppe als die Mitteilung, daß weder der britische Botschafter noch die Beamten vom British Council seinem Vortrag beiwohnen würden. Wie er Catacomb und Priddle ihre Provision bezahlen sollte, ohne sein Bankkonto bis zum letzten Penny abzuheben und einen Vorschuß auf sein nächstes Monatsgehalt zu nehmen, war ihm völlig schleierhaft.

»Seit dem Krieg ist Warschau völlig neu aufgebaut wor-

den; und unsere Hauptstadt gleicht jetzt jeder anderen Großstadt in der Welt.«
Witkowski hatte recht, dachte Hilliard: die häßlichen Straßen, durch die sie jetzt fuhren, hätten ebenso die lieblosen Schluchten sein können, die nach Paris oder Mailand hineinführten, und die aneinandergekuppelten roten Straßenbahnwagen, an denen die Farbe abblätterte, die des befreiten Wiens. Selbst den neuen breiten Verkehrsstraßen im Zentrum der Stadt fehlten Pracht und Glanz ebenso wie den Boulevards in Wichita und Cincinnati. Ideologie war vielleicht nichts weiter als der Streit darüber, wie man Verzweiflung Hoffnung nennen konnte.
»Heute abend können Sie sich von Ihrer langen Reise ausruhen«, sagte Witkowski, nachdem er Hilliard geholfen hatte, sich an der kläglichen Empfangstheke des Hotels Leningrad einzuschreiben. »Ich kann Ihnen freilich nicht versprechen, daß Sie nicht von Reportern gestört werden. Das ist nun einmal der Preis des Ruhms.«
»Leider.« Hilliard tat sein Bestes, um den Anschein zu erwecken, er sei daran gewöhnt, sich mit Scharen von Reportern vom *Observer* und der *Sunday Times* herumzuschlagen.
Kaum war Witkowski gegangen, da holte der Mann am Empfang zehn Exemplare der *Symfonia Dysonansow* heraus, damit Hilliard seinen Namen hineinschreibe, eins für sich und neun für seine Freunde; der Liftboy brachte drei, und das Mädchen in einer blauen Uniform, das die Schlüssel der Zimmer im zweiten Stock verwahrte, sechs. Selbst der Hausdiener, der Hilliards Gepäck hinaufbrachte, hatte ein Exemplar. Und das Zimmermädchen, das seine Blumen in Vasen zu denen stellte, die die *Polska Zjednoczona Partia Robotnicza* und die *Zwiazek Mlodziezy Socjalistycznej* direkt ins Hotel geschickt hatten, weitere drei. Als Hilliard endlich allein war, um seinen Koffer auspacken zu können, hatte er, ehe das Telefon läutete, ge-

rade noch die Zeit, zu bemerken, daß der Gepäckträger auf dem Flughafen außer dem Gepäckschein der *Polski Linie Lotnicze* auch das von Charlotte befestigte Anhängeschild vom Griff seines Koffers abgerissen hatte.
Ein Pressefotograf, sagte der Portier in korrektem Englisch, warte unten und wäre dankbar, wenn Professor Hilliard die Güte hätte, für ihn vor dem Hotel zu posieren.
Zu Hause schienen es immer die verkehrten Leute zu sein, deren Fotos in den Zeitungen erschienen, dachte Hilliard, als er beflissen durch den Flur zum Lift zurückging. Die undurchsichtigen Masken der Berühmten, die ausdruckslosen Visagen von Staatsmännern, von Fürstlichkeiten und Filmstars, wie gut sie doch erklärten, daß der Westen den kalten Krieg verlor!
Der Pressefotograf ging gründlich zu Werke. Nachdem er Hilliard vor dem Hotel fotografiert hatte, begab er sich mit ihm zum Schaufenster einer Buchhandlung in der Marszalkowska, wo er ihn bei der Betrachtung der *Symfonia Dysonansow* aufnahm, und von dort zum Plac Defilad, wo er sich vor den Palac Kultury i Nauki stellen mußte.
Als Hilliard ins Leningrad zurückkehrte, sagte ihm der Portier, ein Reporter sei gekommen, um ihn zu interviewen, und warte in der Kawiarnia. Der Reporter bestand darauf, daß Hilliard mit ihm Tee trank und Kuchen aß, ehe er ihm seine Fragen stellte, und erst um sieben Uhr konnte Hilliard endlich wieder in sein Zimmer hinaufgehen.
Als er sich bückte, um seinen Koffer zu öffnen, sah er, daß Charlottes Anhängeschild ebenso wie der Gepäckschein der *Polski Linie Lotnicze* wieder an dem Griff waren.

FÜNFTES KAPITEL

ES FIEL HILLIARD NICHT SCHWER, DAHINTERzukommen, was geschehen war: Charlottes Anhängeschild und der Gepäckschein der *Polski Linie Lotnicze* hatten sich nicht selber wieder an dem Griff befestigt; sie waren nie von ihm entfernt worden. Von Karminskis Koffer und nicht von Hilliards hatte der Gepäckträger auf dem Flughafen den Anhänger und den Schein abgerissen, und es war Karminskis Koffer, den der Gepäckträger in Witkowskis Auto gestellt hatte, damit Hilliard ihn ins Hotel mitnahm. Während Hilliard der einem Prominenten gebührende Empfang bereitet worden war, hatte Karminski mit Wissen des Gepäckträgers Hilliards Koffer mitgenommen, um ihn zu durchsuchen. All die Exemplare der *Symfonia Dysonansow*, die er signieren sollte, waren vom Flughafen aus telefonisch bestellt worden, um zu verhindern, daß Hilliard auszupacken begann, ehe der Fotograf erschien, der wie der Reporter geschickt worden war, um Hilliard beschäftigt zu halten, bis Karminski mit seiner Durchsuchung fertig war und der Koffer wieder an seinem Platz stand.

Seine Ängste waren nur allzu begründet: daß er in London den Koffer und in Ost-Berlin den Mantel verwechselt hatte, mußte Karminski und seinen Freund davon überzeugt haben, daß Hilliard ein Spion sei. Sie hatten bestimmt geglaubt, er habe sich absichtlich den gleichen Koffer wie Karminski angeschafft und ihn unverschlossen gelassen, um eine plausible Entschuldigung zur Hand zu haben, wenn man ihn bei dem Versuch ertappte, den des Polen zu öffnen; und seinen Gang zur Toilette in Schönefeld hatten sie so gedeutet, daß er den Inhalt der Manteltaschen von Karminskis Freund in aller Stille durchsuchen wollte.

Aber was interessierte ihn ihrer Meinung nach? Geheimdokumente irgendwelcher Art, nahm Hilliard an. Verrat war heute gang und gäbe, und da Karminski einen Diplomatenpaß besaß, hätte er in seinem Koffer so viele Blaupausen, wie er wollte, aus England herausschmuggeln können, ohne befürchten zu müssen, daß Zollbeamte sie fanden. Aber warum sollte jemand vom Geheimdienst – und Hilliard war jetzt sicher, daß Karminskis Freund das zumindest sein mußte –, der in London nicht einmal das Flugzeug verlassen hatte, ein Geheimdokument in seiner Manteltasche tragen, und warum sollten Karminski und der Polizeibeamte geglaubt haben, daß Hilliard vermute, er habe es in der Tasche?

Noch unverständlicher jedoch war: was hoffte Karminski in Hilliards Koffer zu finden? Karminski hatte gesehen, daß Hilliards Paß ein ganz gewöhnlicher war, und hatte darum gewußt, daß Hilliard damit rechnen mußte, daß sein Koffer vom polnischen Zoll durchsucht werden könnte. Eine Kamera mit einem Teleobjektiv vielleicht? Kameras mit Teleobjektiven wurden für das Fotografieren militärischer Einrichtungen benutzt, erinnerte sich Hilliard gelesen zu haben.

Eins zumindest stand fest: wie gründlich auch Karminski Hilliards Koffer durchsucht haben mochte, er hatte nichts Verdächtiges finden und hätte das auch kaum erwarten können. Der begeisterte Empfang, der Hilliard auf dem Flughafen zuteil wurde, mußte ihn davon überzeugt haben, daß der Autor der *Symfonia Dysonansow* der letzte war, von dem man annehmen konnte, daß er Böses im Schilde führte. Seine Durchsuchung von Hilliards Koffer konnte darum kaum mehr als eine Routineüberprüfung gewesen sein, und Hilliard würde jetzt bestimmt ungeschoren bleiben.

Dennoch zitterten seine Hände, als er den Schlüssel in den beiden Schlössern drehte. Karminski, sah er sofort, hatte seine Arbeit so sauber verrichtet, daß, wenn nicht der Fehler mit den Anhängseln passiert wäre, Hilliard nie gemerkt hätte, daß der Inhalt angerührt worden war. Sein Schwammbeutel, der elektrische Rasierapparat und die Haarbürste, die er heute morgen selber wieder eingepackt hatte, lagen noch genauso ungeschickt in die Ecken gepreßt. Sein Pyjama war noch über die von Charlotte sorgfältig gestapelten Taschentücher, Unterjacken, Unterhosen und Hemden gebreitet. Die Jacken lagen noch auf den Westen, und die Westen auf den Hosen.

Er versuchte seine Nerven damit zu beruhigen, daß er mit seiner üblichen altjüngferlichen Pingeligkeit den Koffer auspackte. Er legte seine Haarbürste neben den dichten Blumenflor, der dem Toilettentisch das Aussehen eines frischen Grabes gab, und trug den elektrischen Rasierapparat und den Schwammbeutel in das Badezimmer. Er hängte jeden seiner Anzüge im Schrank auf einen besonderen Bügel und legte seine Taschentücher in ein anderes Fach als seine Unterwäsche, damit er sich nicht aus Versehen mit einer zusammengefalteten Unterhose die Nase putzte.

Wenn auch Gomulka nicht wie Franco war, seine Hoteliers schienen den Schlendrian ebenso zu lieben. Da der Stöpsel an der Kette in der Badewanne fehlte, mußte Hilliard sich damit begnügen, sich im Becken zu waschen. Er war zweimal in das Zimmer gelaufen, um sich am Telefon zu melden, ehe er entdeckte, daß sein elektrischer Rasierapparat das Telefon läuten ließ; und da es die ganze Zeit, während er sich rasierte, weiter wie eine Feuerwehr klingelte, hörte Hilliard erst, daß man an seine Tür klopfte, als er sich fertig rasiert und den Apparat aus der Steckdose herausgezogen hatte.

Sein Besuch war ein blutjunges Mädchen mit einer Mähne aus rotem Haar wie ein Yorkshire-Terrier. Sie trug einen Stapel von Exemplaren der *Symfonia Dysonansow* in den Armen und kam so eilig hereingestürmt, daß sie stolperte. Die Bücher fielen auf den Boden.

»Es hat sich niemand gemeldet, als ich anläutete, aber der Portier sagte, Sie seien bestimmt in Ihrem Zimmer, denn er habe Sie im Lift hinauffahren sehen«, sagte sie in einem nicht ganz akzentfreien Französisch und verlor von neuem fast das Gleichgewicht, als sie versuchte, ihm ihre rechte Hand zu reichen und mit der linken ein Buch aufzuheben.

Hilliard half ihr, die anderen Bücher aufzulesen, und berichtete ihr von seinem Rasierapparat und dem Telefonläuten.

»Ich will Ihnen etwas sagen. Ich werde dem Portier einen Gedanken hinuntersenden, um ihm mitzuteilen, daß die Leitung nicht in Ordnung ist. Das wird eine großartige Gelegenheit sein, einen Test zu machen. Ich glaube nämlich ganz stark an Telepathie. Sie auch? Die Kirche hat sie übrigens bis jetzt noch nicht verdammt.« Ihr ernstes kleines Gesicht war so sehr in Falten gezogen, daß es verrunzelt wie ein Bratapfel aussah.

»Dann könnten Sie ihm vielleicht auch gleich einen Gedanken wegen des Stöpsels in meiner Badewanne hinuntersenden. Am Ende der Kette ist keiner, und ich kann mich nicht richtig waschen, solange er fehlt.«

»Zwei Gedanken auf einmal sind für eine Probe vielleicht zuviel. Da es Sie wahrscheinlich mehr nach einem Bad verlangt, als daß das Telefon aufhört zu läuten, und da das meine Telepathie stärken wird, werde ich wegen des Telefonläutens unten anrufen und wegen des Stöpsels einen Gedanken hinuntersenden.«

»Ich überlasse die Wahl ganz Ihnen.« Sie konnte kaum älter als zwanzig sein, dachte Hilliard, und das war das Alter, in dem man den Kopf noch voller Flausen hatte.

»Und während ich telefoniere, sind Sie vielleicht so freundlich und schreiben Ihren Namen in diese Bücher, die ich mitgebracht habe. Für meine Freunde genügen Ihre Unterschrift und das Datum, aber ich wäre Ihnen dankbar, wenn Sie in mein Exemplar auch noch meinen Namen schrieben. Ich heiße Zamoyska: Z-a-m-o-y-s-k-a – Wanda Zamoyska.«

Fräulein Zamoyska war mit dem Telefonieren eher fertig als Hilliard mit dem Signieren.

»Vielen Dank, Professor Hilliard. Und jetzt würde ich Sie gern für meine Zeitung interviewen, die *Polska Prawda* – vielleicht haben Sie schon von ihr gehört. Ich habe, fürchte ich, Ihnen sehr viele Fragen zu stellen. Ich hoffe, Sie haben nichts dagegen.«

»Nicht das Geringste.« Obwohl Fräulein Zamoyska eine Reporterin war, wußte Hilliard, daß sie nicht von Karminski geschickt sein konnte, der seinen Koffer bereits durchsucht und wieder an seinen Platz gestellt hatte. »Wie wäre es, wenn Sie, falls Sie frei sind, mit mir zu Abend äßen? Wir hätten dann reichlich Zeit.«

Es war mehr als zwanzig Jahre her, seit Hilliard allein mit einem Mädchen zu Abend gegessen hatte, und selbst die hellsichtigsten Ehefrauen konnten nicht durch den Eisernen Vorhang sehen.

»Herzlichen Dank. Ich würde es gern tun. Ich hatte schon gehofft, daß Sie mich einladen würden.«

Hilliard fiel es schwer, das Lächeln des Etagenmädchens zu erwidern, als er ihr seinen Schlüssel reichte, weil er wußte, daß sie bei der Durchsuchung seines Koffers Karminskis Komplicin gewesen war. Der Servilität des Liftboys mißtraute er aus dem gleichen Grunde. Ein Stapel von Exemplaren der *Symfonia Dysonansow*, der auf dem Zeitungsstand unter *L'Humanité, Sowjetunion* und *China* lag, bewies ihm, wie leicht es für sie und ihre Kollegen gewesen war, sich all diese Exemplare seines Buches auf Karminskis Telefonanruf vom Flughafen aus so schnell zu beschaffen. Zum erstenmal in seinem Leben freute sich Hilliard, angelsächsische Stimmen in der Halle eines Hotels im Ausland zu vernehmen, und er war sogar noch mehr beruhigt, als Fräulein Zamoyska ihm sagte, daß die freundlichen leeren Gesichter über den rosa Schildern auf den Jackenaufschlägen Mitgliedern des Weltverbandes der Sammler von Streichholzschachteln gehörten, die eine Tagung in Warschau abhielten.

Das Restaurant war schon überfüllt, aber ein Kellner französischer Herkunft, von dem Fräulein Zamoyska sagte, er heiße Hippolyte, fand einen Tisch für sie in der Nähe einer Gruppe indonesischer Streichholzschachtelsammler. Die indonesischen Streichholzschachtelsammler sahen fast ebenso blöde aus wie die englischen und amerikanischen, und ihre laute Fröhlichkeit empfand Hilliard für den Weltfrieden als fast ebenso gefährlich wie Haß. Eine mürrische Blondine saß stumm an einem Tisch unmittelbar hinter den Indonesiern, aber als sie Hilliards Blick auffing, lächelte sie, und ihr Fließbandgesicht wurde plötzlich schön. In einer dämmrigen Bar am anderen Ende des Restaurants spielte ein Orchester, und Reihen von Flaschen glitzerten wie Lettner. Ein englischer Streichholzschachtelsammler in einem gestreiften Blazer mit einem Wappen an der Tasche ging zu der Blondine und forderte sie zum Tanz auf, aber sie schüttelte den Kopf und blickte Hilliard weiter so interessiert an, daß er zu argwöhnen begann, Karminski überprüfe seine Überprüfung noch einmal und habe ein Seit-Oktober-Mädchen geschickt, damit es versuche, ihn zu der Enthüllung zu verleiten, zu der die Durchsuchung seines Koffers nicht geführt hatte.

»Für mich bitte keinen Wodka«, sagte Fräulein Zamoyska, als Hippolyte die Speisekarte brachte. »Ich muß noch mit dem Wagen zur Redaktion zurückfahren, und in Polen darf niemand ein Auto steuern, der sich nicht vierundzwanzig Stunden jeden Alkoholgenusses enthalten hat.«

Aber Fräulein Zamoyska bestellte eine Flasche *Wodka*

Wyborowa für Hilliard und übersetzte ihm das auf der Speisekarte verzeichnete Menü, ehe sie fragte:
»Professor Hilliard, in Ihrem Buch verteidigen Sie die schöpferische Allmacht. Was, würden Sie also sagen, hat Gott getan, bevor er die Welt erschuf?« Das todernste Gesicht unter dem dichten Haarwust hätte das der heiligen Katharina von Siena sein können.
»Gott hat nichts getan, ehe er die Welt erschaffen hat, weil Gott, wenn er existiert, nichts in der Zeit tut, und darum kann es, als er die Welt erschaffen hat, weder ein Vorher noch ein Nachher gegeben haben.«
Die Blondine war verschwunden. Da er fürchtete, sie hätte sich an einen anderen Tisch gesetzt, um ihn unbeobachtet und ohne die Lautbarriere der Indonesier dazwischen zu belauschen, blickte Hilliard über seine Schulter und sah etwas, das ihn noch mehr erschreckte. Am Nebentisch, kaum einen halben Meter entfernt, kritzelte ein kleiner Mann, der die rote Nase eines Trinkers hatte, eifrig in einem Notizbuch. Hilliard hatte sich hinsichtlich der Blondine geirrt, aber er hatte sich berechtigte Sorgen gemacht; Karminski hatte noch nicht aufgegeben. Er überließ nichts dem Zufall und hatte Rotnase geschickt, um Hilliard zu beobachten und sein Gespräch mitzuschreiben. Um seine Nervosität vor Fräulein Zamoyska zu verbergen, kippte Hilliard zwei Wodka nacheinander hinunter.
»Ich danke Ihnen, Professor Hilliard, und jetzt möchten Sie vielleicht unseren Lesern etwas Komisches berichten, das Sie in der Gesellschaft von Bertrand Russell erlebt haben.«
»Es tut mir leid, Sie zu enttäuschen, Fräulein Zamoyska, aber ich habe nichts Komisches in der Gesellschaft von Bertrand Russell erlebt, aus dem einfachen Grunde, weil ich diesem Herrn nie begegnet bin.«
»Nun, dann nehmen wir Prinzeß Margaret, Professor

Hilliard. Vielleicht erzählen Sie unseren Lesern von dem Komischsten, das Sie in ihrer Gesellschaft erlebt haben.«
»Sie stellen sich alles ganz falsch vor, Fräulein Zamoyska. Im Westen begegnen selbst die berühmtesten Philosophen nie Fürstlichkeiten. Streichholzschachtelsammler vielleicht – vorausgesetzt, es sind nicht genügend Bischöfe oder Jockeis zur Hand.«
»Sprechen wir dann von der westlichen Lebensart, Professor Hilliard. Vielleicht sagen Sie unseren Lesern etwas über sie.«
»Das westliche In-den-Tod-Schlittern sollten wir lieber sagen.«
Hier bot sich bestimmt eine einzigartige Möglichkeit, Karminski und dessen Kritzler am Nebentisch zu beweisen, daß Harold Twinborrow Hilliard kein britischer Geheimagent war, und wenn das, was er sagte, dem englischen Botschafter und den Beamten vom British Council, die es vor dem dysteleologischen Irrationalen graute, unter die Haut ging, dann um so besser.
Teddyboys, Striptease, Lolita, Transistoren und Teepausen, die Aufzählung aller dekadenten Erscheinungen nahm so viel Zeit in Anspruch, daß sie *losos wedzony*, das *rumsztyk z rosbefu*, die *melba z owoca mi i ananasem* gegessen und den Kaffee getrunken hatten – und Hilliard außerdem seinen *Koniak Ormianski* –, ehe er bei seinem letzten Satz angelangt war, den er beinahe brüllte, so daß keine Gefahr bestand, daß er Rotnase entging. »Und darum sage ich, dreimal hoch Burgess und McLean!«
»Vielen Dank, Professor Hilliard. Ich bin sicher, unsere Leser wird es sehr interessieren, zu erfahren, was Sie mir eben erzählt haben. Aber eine Freundlichkeit ist der anderen wert. Die Namen der Monate des Jahres sind im Polnischen sehr poetisch, und wenn Sie gestatten, würde ich sie Ihnen gern aufschreiben, um Ihnen zu zeigen, wie dankbar ich Ihnen für Ihr Entgegenkommen bin.«

Da er sie nicht damit kränken wollte, daß er ihr sagte, er habe bereits eine Liste von ihnen in seiner Brieftasche, ließ Hilliard sie gewähren, und als sie fertig war, wirkten die unaussprechbaren Silben und ihre Übersetzung in ihrer Handschrift noch viel schöner als in der Karminkis.
Hilliard, den ihr Benehmen und ihr ausdrucksvolles Gesicht bezauberten, war so traurig, als sie sagte, es sei Zeit für sie, zur Redaktion zurückzufahren und ihr Interview niederzuschreiben, daß er sie einlud, drei Tage später mit ihm zu Mittag zu essen. Zu seinem Entzücken nahm sie die Einladung an, und er geleitete sie zu ihrem Wagen und gratulierte sich zu seinem Mut, sie eingeladen zu haben. Als er sich umdrehte, um wieder hineinzugehen, sah er Rotnase aus dem Hotel herausgeeilt kommen und in ein Taxi springen, das der Portier für ihn gerufen hatte. Davon überzeugt, daß Rotnase auf dem Weg zu Karminski war, um ihm zu berichten, daß Hilliard kein Geheimagent, sondern ein harmloser Fellowtraveller war, kehrte Hilliard in das Restaurant zurück, um das zu feiern. Sein Tisch war noch frei, aber die indonesischen Streichholzschachtelsammler waren gegangen, und auf einem der Stühle, auf denen sie gesessen hatten, saß jetzt die Blondine, die, kaum daß sie Hilliard erspähte, ihn von neuem unverwandt anblickte. Hilliard tat so, als ob er es nicht bemerkte, und kratzte seinen Adamsapfel, wie er es Karminski im Flugzeug hatte tun sehen, aber es war das Seit-Oktober-Mädchen, das seinem Ruf folgte, und nicht Hippolyte.
»*Dobry wieczory, Panu*«, sagte sie, während sie sich auf dem Stuhl neben ihm niederließ und die Falten ihres weißgoldenen Kleides glattstrich.
»*Parlez vous français, Mademoiselle*? Sprechen Sie deutsch?«
»*Tylko po polsku.*« Aber schon eilte Hippolyte herbei, um das übrige, was sie sagte, zu übersetzen:
»Die junge Dame bittet mich, Monsieur zu sagen, daß sie

Halina heißt und daß sie sehr entzückt ist, Monsieur kennenzulernen.«

»Sagen Sie Mademoiselle Halina, ich sei ebenfalls sehr entzückt, sie kennenzulernen.« Jetzt, da er wußte, daß Rotnase und nicht die Blondine Karminskis Spion gewesen war, war Hilliard ganz in der Stimmung für einen vergnügten Abend.

»Die junge Dame bittet mich, Monsieur zu fragen, ob Monsieur mit ihr tanzen würde.«

»Sagen Sie ihr, mit Vergnügen. Und bringen Sie uns bitte, während wir tanzen, zwei *Koniak Ormianski.*«

»*Pamietasz Capri i nasze spotkanie?*« sang ein Geiger gefühlvoll, als Hilliards Beine in den Sog von Halinas Kleid im dämmrigen Licht der Bar gezogen wurden. Zwei Mädchen an einem Abend, eins, mit dem man dinierte, eins, mit dem man tanzte – wer wollte da noch etwas Komisches in der Gesellschaft von Bertrand Russell oder Prinzeß Margaret erleben? »*Erinnerst du dich noch an das letztemal, als wir in Capri waren?*« Die Mädchen liebten Hilliard immer noch so sehr, wie Hilliard immer noch die Mädchen liebte.

»*Za noc tysiac zlotych.*« Halina hob ihr Glas, um mit Hilliard anzustoßen, als sie wieder an ihrem Tisch saßen, und als hätte man ihn im voraus verständigt, war Hippolyte schon erschienen, um zu dolmetschen:

»Die Dame sagt, Monsieur, die ganze Nacht kostet tausend Zlotys.« Zu dem Catacomb-und-Priddle-Wechselkurs entsprachen tausend Zloty etwa fünfzehn Pfund – und das war bestimmt nicht zu viel für acht Stunden mit diesen Beinen, die während des Tanzes sich wie Schlangen um seine geschlungen hatten. In fünfundzwanzig Ehejahren war Hilliard nie eine Nacht allein aus gewesen, und es würde eine gute Gelegenheit sein, Charlotte den Tierpräparator in Torquay heimzuzahlen. Aber durften Professoren der Philosophie, die über das dysteleologische Irrationale schrieben, das Verlangen haben, etwas heimzuzahlen? Fräulein Zamoyska, dessen war er sicher, würde sagen, sie dürften es nicht. Und die Angst, etwas auf dem Gewissen zu haben, wenn er sie in drei Tagen wiedersah, hielt ihn davor zurück.

»Mademoiselle sagt, sie wäre dankbar, wenn Monsieur sie in Zlotys bezahlen könnte, da die Tagungen der Bücherrevisoren und der Auktionatoren ihr viel mehr Dollars und Sterling eingebracht hätten, als sie ohne Gefahr auf dem Schwarzen Markt loswerden könnte.«

»Sagen Sie ihr, ich nehme sie alle – auch Travellerschecks, wenn sie das möchte.« So begegneten sich Ost und West immer noch, wenn die Polizei nicht hinsah. Auf lange Sicht würde sich die Ursünde vielleicht für die Nato als nützlicher erweisen als die Polarisrakete. *Felix culpa*, glückliche Schuld tatsächlich, wenn den Herren Catacomb und Priddle damit ihre Provision bezahlt werden könnte. Ohne zu verraten, woher er sie hatte, erklärte Hilliard, er habe mehr Zlotys, als er während seines kurzen Aufenthaltes in Polen ausgeben könne, und daß er sie nur allzugern Mademoiselle Halina für ebenso viele Dollars und Pfunde der Bücherrevisoren und Auktionatoren verkaufen würde, wie sie auf dem Schwarzen Markt dafür bekäme.

Während Hippolyte das übersetzte, rechnete Hilliard nach. Sein Zimmer kostete hundert Zlotys die Nacht, sein Abendessen mit Fräulein Zamoyska hatte ihn zweihundertfünfundzwanzig gekostet. Selbst wenn er einen Gast zum Essen einlud – und er würde wahrscheinlich selber mehrmals eingeladen werden –, konnte er seine zehntausend Zlotys unmöglich in zehn Tagen ausgeben. Morgen würde er Witkowski um die fünfundneunzigtausendzweihundertvierundfünfzig Zlotys bitten, die er ihm noch schuldete, und sagen, er brauche sie, um einen Pelzmantel für Charlotte zu kaufen. Wenn der Wechselkurs des Schwarzen Markts nicht zu hoch war und die Bücherrevisoren und Auktionatoren großzügig gewesen waren, sah es so aus, als ob er sich um Catacomb und Priddle keine Sorgen mehr zu machen brauchte. Wenn er die Dollars und Sterling nicht in seine Erklärung über die Einführung ausländischer Devisen nachträglich einfügen konnte, ohne zu riskieren, daß das bemerkt wurde, würde er sie bei sich verstecken und dem Glück oder seinem Ruhm vertrauen, daß sie ihn davor bewahrten, bei seiner Abreise von den Zollbeamten durchsucht zu werden.

»Mademoiselle sagte, sie sei bereit, beide Transaktionen mit Monsieur durchzuführen, und daß die Abgeschiedenheit ihres Schlafzimmers für die eine wie für die andere gleichermaßen geeignet sei.«

Hilliard mußte seine ganzen Gedanken auf Fräulein Zamoyska konzentrieren, um dem Angriff zu widerstehen, den Halinas Knie unter dem Tisch machte.

»Sagen Sie ihr, ich sei, außer für das Umwechseln des Geldes, für alles zu alt. Jedenfalls kann ich ihr heute nacht das Geld nicht geben. Fragen Sie sie, ob fünfundneunzigtausend Zlotys ihr zuviel sind, und sagen Sie ihr, sie müsse mir eine Frist von ein paar Tagen geben, um sie zu beschaffen.« Witkowski, dessen war Hilliard sicher, würde die Zlotys erst innerhalb von vierundzwanzig Stunden beschaffen können.

»Mademoiselle sagt, daß, wenn Monsieur ihr seine fünfundneunzigtausend Zlotys in das Café Manekin in der Rynek Starego Miasta übermorgen um elf Uhr abends bringt, wird sie dort mit Dollars und Pfunden auf ihn warten, um sie zum Kurs von siebzig Zlotys für den Dollar und zweihundert Zlotys für das Pfund umzuwechseln.«

»Sagen Sie ihr, ich werde bestimmt dort sein. Bitten Sie sie, die Adresse für mich aufzuschreiben.« Hilliard nahm Wandas Liste der polnischen Monate aus seiner Tasche und schob sie umgedreht über den Tisch.

Die britische Regierung hatte heutzutage aus jedem einen Buchhalter gemacht, und kaum, daß Halina Hilliard verlassen hatte, um ihr Glück bei den Streichholzschachtelsammlern in der Bar zu versuchen, begann er unter der Adresse, die sie für ihn aufgeschrieben hatte, zu rechnen. Zweihundertachtundneunzig Pfund neun Shilling ergaben bei zweihundert Zlotys für das Pfund neunundfünfzigtausendsechshundertneunzig Zlotys. Fünfundneunzigtausend Zlotys weniger neunundfünfzigtausendsechshundertneunzig Zlotys ergaben fünfunddreißigtausenddreihundertzehn Zlotys. Fünfunddreißigtausenddreihundertzehn Zlotys, das bedeutete, daß er einhundertsechsundsiebzig Pfund elf Shilling für sich behielt, die er in der Einkommensteuer nicht zu erwähnen brauchte – die britische Regierung hatte heutzutage aber auch jedermann zum Betrüger gemacht. Er hatte gerade den Zettel wieder in seine Tasche gesteckt, als Karminski hereinkam und sich auf den Stuhl setzte, von dem Halina eben aufgestanden war.

»Ich bin des Schnapses wegen gekommen, zu dem Sie mich so herzlich eingeladen haben. Ich hoffe, ich mache von Ihrer Freundlichkeit nicht zu früh Gebrauch.«

»Je früher, desto besser, soweit es mich betrifft.«

Rotnase hatte gewiß Bericht erstattet, so daß Karminskis Besuch nur freundschaftlich sein konnte. Vielleicht war er sogar gekommen, um sich zu entschuldigen. Der Gedanke stimmte Hilliard so heiter, daß er einen Ausdruck benutzte, den er seit Jahren nicht benutzt hatte: »Was wollen Sie picheln?«

»Wenn ich darf, werde ich einen Wisniowka picheln. Ein Wisniowka ist eine Art Cherry Brandy. Er hinterläßt einen Fruchtgeschmack in der Kehle. *Wisniowka prosze.*«

Selbst als er ihn bei Hippolyte bestellte, sah Karminskis schulmeisterliches Gesicht immer noch so aus, als löse er eine quadratische Gleichung. »Das war ja ein großartiger

Empfang, der Ihnen heute nachmittag auf dem Flughafen zuteil geworden ist. Ich glaube nicht, daß zu Sophia Monroes Begrüßung noch mehr Leute erschienen wären.«

»Marilyn, meinen Sie doch wohl?«

»Wahrscheinlich. Das sind Namen, die ich mir möglichst nicht einzuprägen versuche. Sie bleiben mir in der Kehle stecken wie die der Heiligen – Sophia Monroe, Margaret Marilyn Alacoque, sie sind alle nichts anderes als verschiedene Opiummarken für das Volk.«

»Ich für meinen Teil ziehe die Alacoques vor.« Hilliard merkte jetzt, daß Karminski den Fehler absichtlich gemacht hatte.

»Und ich ziehe die Lolobardots vor. Sie leben wenigstens noch und können noch in Form gebracht werden. Selbst bewunderte Professoren der Philosophie können manchmal in Form gebracht werden.« Das Lächeln, das über das kalte Gesicht huschte, kräuselte kaum die Winkel seines schmalen Mundes. »Warum haben Sie mir im Flugzeug nicht gesagt, daß Sie in Polen so gut bekannt sind? Weil Sie nicht Ihr eigenes Loblied singen wollten?«

Karminski hatte es noch nicht genügt, Rotnase zu schikken, damit er Hilliard beim Abendessen beobachtete und sein Gespräch belauschte, sondern er wollte es offenbar selber noch einmal nachprüfen.

»Das schien mir in keiner Weise notwendig.«

»Aber zu Hause sind Sie nicht so bescheiden? Steht Ihr Name nicht in *Who's Who*?«

»In Amerika, ja.« Nur drei von zehntausend Amerikanern standen in *Who's Who in America*, behaupteten die Herausgeber. Während Hilliard in Großbritannien ein Niemand war, war er in den Vereinigten Staaten einer von dreitausenddreihundertdreiunddreißig.

Karminski nickte, ohne etwas zu sagen. Seine Aufmerksamkeit schien sich jetzt ganz auf den Eingang zu konzentrieren, und als Hilliard sich umdrehte, wußte er, warum.

In der Tür stand die mächtige Gestalt von Admiral Sir David Doddick. Der Admiral hatte seine Flagge gehißt: das rosa Schild der Streichholzschachtelsammler, und seine Augen schweiften wie Scheinwerfer über alle Tische in dem Restaurant. Schließlich fiel der Strahl auf die silbernen Schuhe, die in der Bar funkelten, und er stapfte an Hilliard und Karminski wie ein Rhinozerus Jonescus vorüber, das einen Fernsehapparat wittert.
»Da wird noch allerhand passieren«, sagte Karminski.
»Männer sind nun einmal Männer.«
»Das habe ich nicht gemeint. Ich meinte, ich glaube nicht, daß der Admiral von seinem Besuch bei General de Gaulle in Paris nur hergekommen ist, um an der Tagung der Streichholzschachtelsammler teilzunehmen.«
»Aber warum denn nicht? Streichholzschachtelsammeln ist gerade für einen pensionierten Marine-Dummkopf ein lockendes Hobby.« Obwohl es ihm lieber war, daß Karminski den Admiral und nicht ihn für einen Geheimagenten hielt, war Hilliard über Karminskis Argwohn zu verärgert, um das schweigend hinzunehmen.
»Ich glaube nicht, daß der Admiral ein pensionierter Marinedummkopf ist, ich glaube, der Admiral ist noch ein aktiver Marinedummkopf. Ich glaube auch nicht, daß er nur Streichholzschachteln sammelt.« Karminski deutete zu der Bar hin, wo man sah, wie der Admiral sich bereits mit Halina in ihrem weißgoldenen Kleid im Tanz drehte. »Sie klebt an seinem Hulk wie eine Klette, finden Sie nicht auch?«
»Das ist ganz typisch. Nur alte Männer, die schwachsinnig genug sind, die Größe ihrer Seele dadurch zu verleugnen, daß sie Streichholzschachteln sammeln, können sich einbilden, daß Mädchen, die noch so jung sind, daß sie ihre Enkelinnen sein könnten, ein anderes als ein finanzielles Interesse an ihrer Hinfälligkeit haben. Wie es Marcel Proust so treffend sagt: Ältere Liebhaber vergessen immer,

daß die Begierde, ihre häßlichen Fratzen in den Augen hübscher Mädchen, die sie, vor Geilheit keuchend, dazu verführen wollen, mit ihnen ins Bett zu gehen, nur noch häßlicher macht.«

»Das ist sehr wahr. Hoffen wir darum, daß Admiral Tomate die langen Bandwürmer von Marcel Prousts weisen Sätzen auswendig gelernt hat. *Hop siup.*« Karminski leerte sein Glas mit dem klebrigen roten Likör, den Hippolyte ihm gebracht hatte, in einem Zuge. »Ich will mich nicht in Verabredungen einmischen, die vielleicht für Sie getroffen worden sind, aber die Kirche Unserer Lieben Frau von Krakau lohnt wohl einen Besuch, und Sie sollten auf keinen Fall versäumen, ihren prächtigen Turm zu besichtigen.«

»Ich nehme an, daß Witkowski das bereits für mich geplant hat.« Hilliard wollte nicht das Risiko eingehen, daß sich ihm Karminski als Führer anbot: wenn ihm eine Kirche von Karminski gezeigt würde, wäre das ungefähr so, wie wenn er, von John Osborne geführt, nach Lourdes pilgerte.

»Sicherlich.« Nach einem langen Schweigen erhob sich Karminski plötzlich, und seine ausgestreckten Finger waren so steif wie Handschuhstrecker. »Gute Nacht, Professor Hilliard. Ich danke Ihnen für den Schnaps, den Sie mir spendiert haben, und träumen Sie was Schönes.«

Als Hilliard in sein Zimmer hinaufging, um schlafen zu gehen, stritt ein Mann in seinem Flur heftig mit dem Etagenmädchen, das an seinem Tisch saß. Als er auf sie zuging, um sie um seinen Schlüssel zu bitten, drehte sich der Mann um, und stellte seine rote Nase und am Aufschlag seiner Jacke das rosa Schildchen der Streichholzschachtelsammler-Tagung zur Schau, das Hilliard unten im Restaurant gar nicht aufgefallen war.

»Hören Sie, mein Herr«, sagte Rotnase zu Hilliard, »ich kann dem Mädchen nicht ein Wort von dem begreiflich machen, was ich sage. Sagen Sie ihr, sie irrt sich, wenn sie glaubt, ich bezahlte fünfzehn Zlotys für das Waschen eines Hemdes. Ich habe es in diesem kleinen Buch genau ausgerechnet: das sind vier Shilling elf Pence und nicht ein Penny weniger.« Das Notizbuch, das Rotnase Hilliard hinhielt, war das gleiche wie das, in das er ihn im Speisesaal hatte kritzeln sehen.

»Siebenundsechzig Zlotys für ein Pfund ist ein Phantasiekurs, das darf man nicht vergessen. Wenn man den Schwarzmarkt-Kurs zugrunde legt, ist das wahrscheinlich gar nicht so teuer.« Hilliard sagte das, um nicht nachdenken zu müssen, und hätte sich wahrscheinlich eingehend darüber ausgelassen, daß die Nationalbank von Polen sich ausländische Devisen so billig wie möglich beschaffen müsse, wäre ihm nicht plötzlich klargeworden, daß, wenn Karminski ihn wirklich immer noch verdächtigte, ein Spion zu sein, er morgen ganz bestimmt die *Polska Prawda* lesen und erfahren würde, was Hilliard zu Fräulein Zamoyska über das westliche In-den-Tod-Schlittern gesagt hatte. Schlimmstenfalls waren darum die Wirkungen seiner Strategie nur aufgeschoben.

»Sagen Sie dem Mädchen bitte, daß ich nie fünfzehn Zlotys für das Waschen eines Hemdes bezahle. Sagen Sie ihr, wenn sie es nicht billiger machen kann, werde ich die Hemden in eine andere Wäscherei schicken, so sicher wie ich Hector MacOgg heiße.«

»*Monsieur me charge de vous dire, qu'il trouve un peu cher votre prix de quinze zlotys pour laver une chemise et que si vous ne pouvez pas lui accorder un escompte, il se trouvera dans l'obligation de s'adresser à une blanchisserie du dehors aussi sûrement qu'il s'appelle Hector MacOgg.*«

»Mann, Sie sprechen ja tadellos Polnisch, und was hat das Mädchen nun zu sagen?«

»Das Mädchen sagt, daß sie es nicht billiger machen kann. Sie sagt, wenn Herr Gomulka oder Kardinal Wyszynski hier im Hotel wären, würde sie fünfzehn Zlotys für das Waschen ihrer Hemden fordern, genau den gleichen Preis, den sie von Herrn Hector MacOgg verlangt.«

Der Transistor eines Streichholzschachtelsammlers stöhnte onanistisch durch die Wand, als Hilliard endlich in sein Zimmer kam. Während er seine Ohren mit Oropax verstopfte, das er immer zum Schutz gegen die Segnungen des Fortschritts bei sich trug, bemerkte er, daß seine Aktentasche schräger auf dem Stuhl lehnte als ein paar Stunden vorher, als er hinuntergegangen war, um mit Fräulein Zamoyska zu Abend zu essen. Er öffnete sie und entdeckte, daß die kurze Zusammenfassung seines Vortrags, die ihm als Gedächtnisstütze dienen sollte, und die er oben auf das Manuskript geklammert hatte, jetzt darunter geklammert war.

Daß er beim Ausziehen trödelte, war an diesem Abend nicht Hilliards einziger Ungehorsam Charlotte gegenüber; statt seine Strümpfe gleich wieder umzudrehen, ehe er ins Bett stieg, ließ er sie, das Innere nach außen, auf dem Fußboden liegen.

SECHSTES KAPITEL

AM NÄCHSTEN MORGEN ERWACHTE HILLIARD spät aus einem unruhigen Schlaf. Die Sonne warf blasse Flecke auf den schwarzen Teppich, die wie Pilsener Bierlachen aussahen. Als er den Vorhang aufzog, fiel sein Blick auf ein großes Bürogebäude gegenüber, das ihn an Orwell denken ließ, und in dessen zehn Stockwerken sicherlich Stenotypistinnen noch eine weitere Exegese Karl Marx' tippten. Aber von der Straße unten hallte ein beruhigendes *merde* herauf. Die französische Kultur hatte ihren Vertreter zur Tagung der Streichholzschachtelsammler geschickt.

Fräulein Zamoyskas Telepathie und Telefonieren waren gleichermaßen erfolglos gewesen: an der Kette der Badewanne war noch immer kein Stöpsel, und das Telefon in seinem Zimmer läutete unentwegt, während Hilliard sich rasierte. Als er fertig angezogen war, klopfte es an die Tür. Hilliard öffnete sie, und ein kleiner Mann mit sandfarbenem Haar kam herein, wartete, bis Hilliard die Tür wieder geschlossen hatte, und sagte dann grinsend:

»Ich will mich nicht in die Verabredungen einmischen, die vielleicht für Sie getroffen worden sind, aber die Kirche Unserer Lieben Frau in Krakau lohnt bestimmt einen Besuch, und Sie sollten nicht versäumen, ihren prächtigen Turm zu besichtigen. Nun, lassen wir die frommen Sprüche. Ich wußte gleich, daß Sie Walfisch sind, als ich in den Abendzeitungen gestern von Ihnen las. Kaviar sagte, sie schickten diesmal einen literarischen Herrn her. Wie geht's ihm übrigens? Hat wohl eine Mattscheibe wie immer?« Er legte seine Finger an die Lippen, als es zum zweitenmal an die Tür klopfte, verschwand im Badezimmer und zog die Tür hinter sich zu.

Zu Hilliards Bestürzung war sein neuer Besucher Karminski. »Sie sind gerade der, den ich sprechen wollte«,

sagte Hilliard so jovial, wie er es vermochte. »Nachdem Sie gestern gegangen waren, bin ich einem schottischen Streichholzschachtelsammler in die Arme gerannt. Er machte einen Riesenkrach, weil das Hotelpersonal ihm fünfzehn Zlotys für das Waschen eines Hemdes abnehmen wollte. Was würden Sie als angemessenen Preis ansehen?«
»Da mir meine Frau immer die Hemden wäscht, weiß ich es nicht.« Hilliard steuerte Karminski schnell an der geschlossenen Badezimmertür vorüber. Hatte Karminski den kleinen Mann verfolgt? Wenn ja, und wenn er ihn hier hatte hineingehen sehen, war Hilliard verloren.
Denn der kleine Mann war offenbar ein wirklicher britischer Agent, der den gleichen Irrtum wie Karminski begangen und Hilliard für einen anderen britischen Agenten, der anscheinend Walfisch genannt wurde, gehalten hatte. Ein noch nicht entdeckter Fellowtraveller im M. I. 5 mußte Karminski von diesem Walfisch berichtet und ihm das Losungswort mitgeteilt haben, das er gestern abend in dem Restaurant an Hilliard ausprobiert hatte. Und eher, weil Hilliard im Nebenberuf Schriftsteller war, als wegen seines Versehens mit dem Koffer und dem Mantel, hatten Karminski und dessen Freund von der Polizei vermutet, daß er der literarische Spion sei, den zu verfolgen man sie sicherlich von Warschau nach London geschickt hatte.
Als Karminski sich bedächtig in dem einzigen Sessel im Zimmer niedergelassen hatte, zog er eine Zeitung aus seiner Manteltasche und hielt sie so, daß man den Namen *Polska Prawda* lesen konnte. »Wie soll ich das verstehen, daß Sie sich auf die andere Seite gestellt haben, Professor Hilliard?«
»Ich habe mich weder auf die eine noch auf die andere Seite gestellt, sollte man lieber sagen.« Hilliards Angst ließ nach: Karminski hatte den kleinen Mann nicht nur nicht in Hilliards Zimmer gehen sehen, sondern er

schluckte den Köder. »Und ich kann Ihnen gar nicht sagen, wie froh ich bin, daß ich die Gelegenheit dazu hatte. Wir Professoren müssen zu Hause sehr auf der Hut sein.« Karminski blickte Hilliard eine lange Weile stumm an, ehe er sagte: »Mit anderen Worten, Professor Hilliard, Sie wollen mir zu verstehen geben, Sie hätten sich zu unserer Art des Denkens bekehrt?«

»So kann man es auffassen, aber ich bin nicht so sicher, daß es die richtige Deutung ist. Ich bin nicht auf dem Wege nach Damaskus plötzlich erleuchtet worden. Wie die meisten britischen Intellektuellen habe ich immer mit der Linken sympathisiert.«

»Aber selbst dann war es unklug, Ihre Ansichten einem Zeitungsreporter anzuvertrauen. Sie hätten sie besser mir im Flugzeug anvertraut. Es wäre dann alles für uns beide leichter gewesen. Ich bin aber der letzte, der einem geschenkten Gaul ins Maul sieht, zumal wenn nicht nur der Gaul das Geschenk ist, sondern ebenso die Last, die er trägt. Professor Hilliard, wer und wo ist der britische Agent, der in Polen arbeitet und der als Sardine bekannt ist?«

Sardine, Walfisch, Kaviar – anscheinend hatten alle diesem Spionagenetz Angehörenden Fischnamen, und es war sicherlich Sardine, der sich im Badezimmer versteckte. Hilliard erkannte jetzt, daß er zu schlau gewesen war, und daß er, statt sich aus einer prekären Situation herauszuziehen, sich in eine noch viel gefährlichere gebracht hatte. Statt Karminski davon zu überzeugen, daß er kein britischer Agent war, hatte seine Anprangerung der westlichen Lebensweise Karminski vermuten lassen, daß er ein britischer Agent sei, der die Front wechseln und für den Osten arbeiten wolle. Wie groß auch das Versagen seines Landes sein mochte, Hilliard wollte seine Sicherheit nicht damit erkaufen, daß er jemanden verriet, der seinem Land diente und dessen Gesicht ihm recht sympathisch gewesen war. Am achten September neunzehnhundertvierzig war sogar die Besoldungskompanie aufgerufen worden, die Inselfestung in Edinburgh zu verteidigen, und Soldat H. T. Hilliard, vierhundertzweiundsechzig Milliarden siebenhundertneununddreißig Millionen vierhundertfünfundvierzigtausendachthundertsiebenunddreißig, hatte einen Revolver, von dem er nicht wußte, wie man mit ihm schoß, und den Befehl erhalten, alle deutschen Panzer, die auf Leith Walk vorrückten, zurückzuschlagen. Die Wiederkehr der gleichen Lage befähigte ihn zu erkennen, daß seine einzige Verteidigung jetzt der Angriff war:

»Warum machen die Leute immer den blöden Fehler, zu glauben, wir seien ebenso unehrlich wie sie? Ich bin ebensowenig ein Spion, wie es der arme Admiral ist. Was ich der *Polska Prawda* gesagt habe, war nichts als die Äußerung einer persönlichen Meinung – man kann in dieses Interview nicht mehr hineinlesen als in das, das ich dem Reporter gegeben habe, den Sie geschickt hatten, um mich von meinem Zimmer fernzuhalten, während Sie die Koffer von neuem vertauschten.«

»So sind Sie mir also auf die Schliche gekommen?« sagte Karminski mit schamlosem Grinsen.

»Nur durch die Dummheit des Gepäckträgers auf dem Flughafen. Er hat meine beiden Anhänger an dem Koffer gelassen und Ihre beiden abgerissen.«

»Wenn es so ist, dann muß ich ihn rüffeln.«

»Das übrige war eine Glanzleistung: die Bücher, die Sie mir haben vorlegen lassen, damit ich sie signierte, der Fotograf, alles.«

»Es freut mich, daß Sie das beeindruckt hat. Es wird Sie vielleicht lehren, das nächstemal, wenn es Sie gelüstet, Koffer und Manteltaschen zu durchsuchen, Ihre Spuren sorgfältiger zu verwischen.«

»Nun, das ist bestimmt ein Beweis für meine Unschuld –

ein wirklicher Spion wäre nie so tölpelhaft gewesen, wie ich es gewesen bin.«

Es waren aber am 8. September 1940 nur Straßenbahnen Leith Walk hinaufgefahren, und Soldat H. T. Hilliard hatte nicht mit dem Revolver schießen müssen, mit dem er nicht umzugehen wußte. Aber diesmal schien sich der Alarm durchaus nicht als falscher zu erweisen. »Reden wir nicht drum herum, Herr Karminski. Ich bin nicht, wiederhole, nicht, die Person, die Sie suchen, und habe nie, wiederhole, nie, von dieser anderen Person namens Sardine gehört.«

»Wenn Sie nicht – wiederhole, nicht – die Person sind, die ich suche, und wenn Sie nie – wiederhole, nie – von dieser anderen Person namens Sardine gehört haben, wie kommt es dann, daß Sie mit der Methode des Geheimdienstes vertraut sind, Signale zu senden?«

»Besoldungskompanien senden auch Signale. Fünfte Kompanie, Besoldungsquittung nicht – wiederhole, nicht – erhalten Stop bitte sofort – wiederhole, sofort – schicken Stop.«

»Es überrascht mich natürlich nicht, Professor Hilliard, daß Sie sich im nüchternen Morgenlicht die Sache anders überlegt haben. Aber das wird mich nicht davon abbringen, daß Sie ein britischer Agent namens Walfisch sind, der nach Polen geschickt worden ist, um mit einem anderen Agenten namens Sardine Kontakt aufzunehmen. Was hätte sich, um ein Visum von unserem polnischen Konsulat zu erhalten, als Tarnung besser geeignet als die wahre Geschichte von einem Professor, der einen polnischen Bestseller geschrieben hat, und der eingeladen worden ist, vor der *Towarcystwo Metafizyczne w Warszawie* einen Vortrag zu halten? Sie kommen nach Warschau, Sie werden auf dem Flugplatz mit großem Jubelgeschrei begrüßt, Sie halten Ihren Vortrag, Sie geben Sardine neue Anweisungen für seine Arbeit, und Sie fliegen nach England zurück, ohne den geringsten Verdacht erregt zu haben. Es ist kinderleicht.«

»Leider ist die Hauptprämisse Ihrer Beweisführung falsch. Nicht alle wahren Geschichten sind wahre Tarngeschichten.«

»Wenn es eine Frage des Preises ist, der Himmel ist die Grenze, aber wir können erst darüber reden, wenn wir sicher sind, daß Ihre indiskreten Äußerungen in der *Polska Prawda* nicht von der britischen Presse aufgegriffen worden sind, wodurch es für uns unmöglich wäre, Sie in England für uns arbeiten zu lassen.«

»Ein für allemal, Herr Karminski, Sie sind auf falscher Fährte. Ich bin nicht diese Person, von der Sie sagen, sie werde Walfisch genannt, und ich weiß nichts von dieser anderen Person, die Sardine genannt werden soll. Der Grund, warum ich in der *Polska Prawda* aus meinem Herzen keine Mördergrube gemacht habe, war, es dem britischen Botschafter und den Beamten vom British Council heimzuzahlen, daß sie sich unter heuchlerischen Vorwänden davor gedrückt haben, meinem Vortrag vor der *Towarcystwo Metafizyczne w Warszawie* heute abend beizuwohnen.«

»Vor ein paar Minuten haben Sie es ganz anders erklärt. Sie haben mir vor ein paar Minuten das Märchen aufgetischt, daß Sie froh darüber seien, in der *Polska Prawda* Ansichten äußern zu können, die Sie zu Hause, Ihrer Stellung als Universitätsprofessor wegen, sich nie von der Seele reden könnten. Und wie kommt es, daß Sie, da Sie kein Wort Polnisch verstehen, *Towarcystwo Metafizyczne w Warszawie* richtig aussprechen können?«

»Ich kann ebenso sagen ›*Panie i panowie*‹, ›Damen und Herren‹, aber das bedeutet nicht, daß ich Polnisch spreche. Und wenn Sie mir nicht glauben, was ich Ihnen von dem britischen Botschafter und den Beamten vom British Council berichtet habe, so dürfte es nicht schwer für Sie sein, es nachzuprüfen. Sie haben als Grund dafür, daß sie zu meinem Vortrag nicht kommen könnten, angegeben, sie verbrächten ein paar Tage auf dem Land.«

»Ich kann natürlich verstehen, Professor Hilliard, daß Sie sich die Sache gründlich überlegen wollen, ehe Sie sich offenbaren, und darum verzichte ich im Augenblick darauf, Ihnen die Hölle heiß zu machen.«

»Auch damit können Sie nicht aus mir jemanden machen, der ich nicht bin.« Aber Hilliard sagte das wohlweislich nicht zu herausfordernd: es begann ihm zu dämmern, daß der Revolver, von dem er nicht wußte, wie man mit ihm schoß, die deutschen Panzer dennoch vielleicht dazu gebracht hätte, anzuhalten. Karminski hatte davon gesprochen, daß er ihn in England für den polnischen Geheimdienst arbeiten lassen würde, wenn sein Interview mit der *Polska Prawda* in der englischen Presse nicht erschien. Um ihn in England arbeiten zu lassen, würde Karminski ihm erlauben müssen, nach England zurückzukehren. Sobald er wieder in England wäre, würde er ein falsches Spiel spielen: statt Karminski über M. I. 5 zu berichten, würde er M. I. 5 über Karminski und den Fellowtraveller, der noch dort war, berichten und mit einem Orden oder einer Einladung zu einer Gartenparty belohnt werden. Der einzige Haken war Sardine. Aber wenn Hilliard zugab, daß er Walfisch war, würde Karminski ihm vielleicht glauben, wenn er ihm sagte, Sardine habe seine Verabredung nicht eingehalten, und daraus schließen, daß Sardine kalte Füße bekommen hatte und verschwunden war. Bis dahin würde es Karminski wahrscheinlich ganz verständlich finden, daß Hilliard auf Nummer Sicher gehen wollte und nicht gestand, daß er Walfisch war, ehe Karminski ihm ein endgültiges Angebot machte. »Natürlich können Sie von mir glauben, was Sie wollen, Herr Karminski. Kardinal Newman hat einmal gesagt, man könne einem Mann weder eine Überzeugung einreden, noch sie ihm ausreden.«

»Ich wußte nicht, daß ein Kardinal so mit beiden Beinen auf der Erde stehen kann. Unser Kardinal hier in Polen lebt in den Wolken.«
Als es in dem Badezimmer einen lauten Krach gab, folgte Hilliard Karminski nicht, der in den Flur hinauseilte. Er setzte sich aufs Bett und hoffte, daß dies eine Mal Gott die Folgen verhüten und sein Kind Harold davor bewahren würde, von dem dysteleologischen Irrationalen aufgesogen zu werden. Er hörte polnische Stimmen. Die, in der er Karminski zu erkennen glaubte, klang wütend, und Karminski machte ein finsteres Gesicht, als er wieder hereingestürmt kam.
»Sie hätten mir sagen müssen, daß der Klempner in dem Badezimmer war, Professor Hilliard. Woher wissen Sie, daß er kein Englisch versteht?«
»Ich bedaure, aber auf den Gedanken bin ich gar nicht gekommen.« Hilliard war so erleichtert, daß er fürchtete, Karminski würde seine Erleichterung in seinem Inneren wie einen Goldfisch in einem Glase sehen. »Übrigens, die Badezimmertür war geschlossen, und darum glaube ich nicht, daß er etwas von unserem Gespräch gehört hat.«
»Und wie kommt es, daß Sie dem Zimmermädchen sagen konnten, in Ihrer Badewanne fehle der Stöpsel, wenn die einzigen polnischen Wörter, die Sie kennen, *Towarcystwo Metafizyczne w Warszawie* und *Pani* und *panowie* sind?«
»Ich habe es niemandem gesagt. Das Mädchen muß von selber bemerkt haben, daß der Stöpsel fehlte.« Mattscheibe? Kaviar konnte kaum eine haben, da er sich einen so Gerissenen wie Sardine als Agenten ausgesucht hatte. Und was für ein Glück war es, daß Fräulein Zamoyskas Telepathie ebenso wirkungslos war wie ihr Telefonieren.
»Jedenfalls werden Sie von jetzt an Ihre Badewanne genießen können. Gut denn, Professor Hilliard, ich werde Sie jetzt verlassen, aber wenn auch ein Nicken bei einem blin-

den Pferd genausoviel nützt wie ein Blinzeln, lassen Sie sich sagen, daß in diesem Lande auf Spionage die Todesstrafe steht.«

»Es war unachtsam von mir, daß ich den Hocker umgeworfen habe«, sagte Sardine mit einem Grinsen, als er aus dem Badezimmer herauskam. »Wenn ich nicht zur rechten Zeit bemerkt hätte, daß der Stöpsel in der Badewanne fehlte, wäre es um uns beide geschehen. Falls Sie's nicht wissen sollten, das war Bekas, Schnepfe auf englisch, und so gerissen wie die. Es kann sein, er hat nur so getan, als ob er mir das mit dem Badewannenstöpsel glaube. Darum mache ich mich jetzt besser aus dem Staube, falls er zurückgeschlichen kommt. Übermorgen um elf Uhr am Tor des Powazki Militärfriedhofs – ich werde Ihnen dort dann alles Nähere erklären.«
Nach dem Frühstück in der Kawiarnia, wo amerikanische Streichholzschachtelsammler laut Waffeln forderten, machte Hilliard einen Spaziergang durch die Marszalkowska, um wieder einen klaren Kopf zu bekommen. Als er die Aleja Jerozolimskie erreichte, saßen alle sechs Hosenträgerklips noch fest. Das, und daß er nach seiner Rückkehr einen Stiefelputzer erblickte, der wie Pilsudski aussah und die *Symfonia Dysonansow* in der Halle des Hotels las, deutete er sich als gutes Omen.

SIEBENTES KAPITEL

WITKOWSKI GLAUBTE DIE GESCHICHTE VON Charlotte und dem Pelzmantel offensichtlich nicht, als Hilliard ihm beim Mittagessen sagte, daß er den Rest seiner Honorare am nächsten Morgen in bar haben möchte. Die Schweigsamkeit des Verlegers, nachdem er gesehen hatte, wie Halina Hilliard auf dem Wege zur Bar mit den Augen zuzwinkerte, erklärte, wie er glaubte, wofür Hilliard die fünfundneunzigtausend Zlotys ausgeben würde. Aber Hilliard hatte zuviel anderes im Kopf, um sich über Witkowskis Argwohn Sorgen zu machen. Obwohl er, soweit er wußte, auf seinem Wege durch die Marszalkowska nicht verfolgt worden war, hatte das dennoch möglich sein können. Wenn Karminski ihn verfolgen ließ und erfuhr, daß er einen Mann am Tor des Powazki Militärfriedhofs traf, würde Hilliard Karminski nie davon zu überzeugen vermögen, daß er mit Sardine gar keinen Kontakt hatte aufnehmen können, und sein ganzer Plan wäre gescheitert. Sollte er darum nicht lieber Vorsicht walten lassen, und gleich nach seinem Vortrag mit dem ersten Flugzeug nach Hause zurückfliegen, und auf die zweihundertachtundneunzig Pfund neun Shilling für Catacombs und Priddles Provision und die einhundertsechsundsiebzig Pfund elf Shilling, die er in seiner Einkommensteuererklärung nicht angeben würde, verzichten? Aber würde er überhaupt nach Hause zurückfliegen können? Konnte Karminski nicht den Beamten im Flughafen die Anweisung gegeben haben, daß der berühmte Professor Hilliard das Land nicht verlassen dürfe? War nicht die einzige Möglichkeit, die ihm jetzt noch blieb, nicht zum Friedhof zu gehen und darauf zu vertrauen, daß Sardine den Braten riechen und es nicht wagen würde, in das Hotel zurückzukehren, um ihn aufzusuchen; seine Zlotys bei Halina in Pfunde und Dollars umzuwechseln und zu hof-

fen, daß sein Interview mit der *Polska Prawda* der Aufmerksamkeit der britischen Presse entgangen war? Angefeuert von Selbstinteresse, Angst, Hinnehmen des Unvermeidlichen, Wodka, Wyborowa und Koniak Ormianski sagte sich Hilliard, dies sei die einzige Lösung.
Aber die wenigen Schnäpse, die er vorher hatte trinken können, halfen ihm nicht viel, als er den Mitgliedern der *Towarcystwo Metafizyczne w Warszawie* um acht Uhr abends im Palac Kultury i Nauki gegenüberstand. Das Salz der Erde glich in Warschau genauso wie das Salz der Erde in London oder Aberdeen einer Versammlung von Eisenbahnbeamten, die es zu nichts gebracht hatten. Eins der Geheimnisse, das keine Metaphysik je hat zu ergründen vermögen, ist, warum gut angezogene Trottel das vertrauenerweckende Verhalten von Enzyklopädisten und Enzyklopädisten das demütige Benehmen von Trotteln haben. Fräulein Zamoyskas zersauste Mähne war nirgends unter den düsteren Gesichtern am Pressetisch zu erblicken, und das einzig Erfreuliche war die Abwesenheit Karminskis, dessen kaltes Gesicht Hilliard unter den Bärten und Busen in der ersten Reihe zu sehen halb erwartet hatte.
Hilliard war so nervös, daß er sich nicht auf sein Gedächtnis zu verlassen traute, und zum erstenmal in seinem Leben las er seinen Vortrag Wort für Wort ab.
Nach jedem vierten oder fünften Satz machte er eine Pause, damit Witkowski sie ins Polnische übersetzte. Während Witkowski Gegges MacGregors Erklärung des dysteleologischen Irrationalen übersetzte, sprang Hilliards erster Hosenträgerklip auf, und während Hilliard Kants Ablehnung von Anselms Ontologie zitierte, der zweite. Da die anderen vier Klips noch hielten, als er ins Leningrad zurückkehrte, wollte er in die Bar eilen, um dort den Alkohol zu sich zu nehmen, den seine Gastgeber ihn hatten entbehren lassen. Auf seinem Wege durch das

Restaurant wurde er von MacOgg aufgehalten, der mit Admiral Sir David Doddick an einem Tisch saß. »Ich habe Seiner Exzellenz hier gerade von dem unverschämt hohen Preis berichtet, den dieses Hotel für das Waschen von Hemden verlangt. Aber er kann mir dabei ebensowenig helfen, wie Sie mir haben helfen können. Ich will Sie natürlich nicht kränken, vielleicht nehmen Sie bei uns Platz. Mir wird schwindelig, wenn Sie neben mir wie das Walter-Scott-Denkmal aufragen.«

»Sind Sie auch ein Streichholzschachtelsammler?« fragte der Admiral, als Hilliard widerstrebend einen Stuhl vom Tisch abrückte.

Hilliard merkte sofort, daß der Admiral sich nicht mehr an ihre Begegnung im Athenaeum erinnerte.

»Nein. Ich bin geschäftlich hier.« Es war die Notlüge, die Hilliard auf seinen Reisen immer benutzte: Fremde, hatte er meistens gefunden, machte es verlegen, wenn man durchblicken ließ, daß man ein Gelehrter war.

»In was für Geschäften, Arbuthnot? Es ist besser, ich frage Sie, denn MacOgg wird es nicht tun.«

Hilliard liebte es nicht, Arbuthnot genannt zu werden, und daß die beiden, die schon beschwipst waren, sich einander fortwährend neckten, langweilte ihn zu Tode. Sobald er es konnte, bat er sie, ihn zu entschuldigen, und erhob sich so schnell, daß seine vier Hosenträgerklips, die bis jetzt gehalten hatten, gleichzeitig aufgingen.

»Meine Hosenträger«, erklärte er, während er seine Hose mit den Händen festhielt. »Diese neumodischen Klips taugen überhaupt nichts.«

»Da haben Sie recht«, sagte MacOgg. »Ich befestige meine Hosen lieber tagtäglich mit einem Stück Bindfaden.«

»Gestohlen von polnischen Wäschepaketen am liebsten, nicht wahr, MacOggski? Aber selbst wenn es zum Schlimmsten kommt, ich würde mir nicht zu große Sorgen machen. Was die meisten dieser jungen Frauen betrifft, so nehme ich an, es ist *déjà vu.*«

»Wo ist die Toilette?« fragte Hilliard, als er mit beiden Händen in den Taschen zu Hippolyte humpelte, und der Kellner führte ihn durch einen Flur zu zwei Türen, an denen *Meski* und *Damski* stand.

Das war für die meisten Menschen die einzige wichtige Literatur, dachte Hilliard, als er hineinging, um im *Meski* seine Hosenträger wieder zu befestigen.

ACHTES KAPITEL

AM NÄCHSTEN NACHMITTAG KAM WITKOWski ins Hotel und zahlte Hilliard in seinem Zimmer die fünfundneunzigtausendzweihundertfünfundvierzig Zlotys. Bis auf die zweihundertfünfundvierzig in Fünfhundert-Zloty-Scheinen. Aber hundertneunzig davon waren mehr, als Hilliard in seiner Brieftasche unterbringen konnte, und als er sich um halb elf auf den Weg zur Rynek Starego Miasta machte, waren seine Jacken- und Hosentaschen prall gefüllt.

Hippolyte hatte an diesem Abend in dem Restaurant keinen Dienst, und Hilliard wagte nicht, den Portier darum zu bitten, ein Taxi zu rufen, aus Angst, daß der Mann von Karminski bestochen sein könnte. So tuend, als wolle er einen Spaziergang machen, ging er zu der anderen Seite der Marszalkowska hinüber, und sobald er sicher war, daß er nicht verfolgt wurde, kehrte er zum Taxistand um. Er sprang in das erste Taxi und zeigte dem Fahrer die Adresse, die Halina für ihn auf die Rückseite von Fräulein Zamoyskas Liste der polnischen Monate geschrieben hatte.

Das Taxi fuhr in die entgegengesetzte Richtung von der, die Hilliard am Morgen zuvor bei seinem Spaziergang eingeschlagen hatte. Die wenigen Neonschilder, die es hier gab, leuchteten so hell wie in der Lexington Avenue, aber die erleuchteten Straßenbahnen strahlten noch heller. Am Ende der Marszalkowska bog das Taxi scharf rechts ein und fuhr dann am Rande eines dunklen Parks entlang. Als Hilliard durch das Hinterfenster des Wagens blickte, sah er zu seiner Freude, daß keine anderen Scheinwerfer das Dunkel hinter ihm durchbohrten.

Die Rynek Starego Miasta lag in dem gleichen frommen Dämmerlicht wie die Place des Vosgues in Paris, und Hilliard war verblüfft, wie echt man die mittelalterlichen

Häuser wieder aufgebaut hatte. Er gab dem Fahrer dreißig Zlotys, und als er sah, daß der Mann damit zufrieden war, eilte er in den erleuchteten Eingang des Manekin hinein. Die von unten heraufhallenden Stimmen verrieten ihm, daß sich das Café im Keller befand, und er suchte in dem Tabaksqualm unten nach einem Auffunkeln von goldenem Haar, als Admiral Sir David Doddick rief:
»Arbuthnot! Kommen Sie und trinken Sie einen Schnaps auf Rechnung eines schottischen Freundes!«
Halina, die das weißgoldene Kleid trug, in dem Hilliard sie zwei Abende zuvor gesehen hatte, saß mit dem Admiral und MacOgg an einem Tisch. Die Begegnung war verpatzt, denn Hilliard hatte damit gerechnet, daß er das Geld ohne Zeugen umtauschen könne. Er merkte, daß auch Halina das vorgehabt hatte, denn sie legte einen Finger auf den Mund und schüttelte heftig den Kopf, während der Admiral und MacOgg ihn begrüßten.
»Können Sie das glauben?« Der Admiral deutete auf einen hellblauen Leinenbeutel, der unter dem Tisch lag. »MacOggski schleppt diese Hemden auf der Suche nach einer Wäscherei, die sie ihm für zehn Zlotys wäscht, durch ganz Warschau. Und ich bin gar nicht so sicher, ob er nicht ein paar schmutzige Hemden aus Schottland mitgebracht hat, um damit gegen das Pfund zu spekulieren, daß er versucht, sie hinter dem Eisernen Vorhang billiger als in Kirriemuir gewaschen zu bekommen. Unterhosen wahrscheinlich auch, wenn die ganze empörende Wahrheit ans Licht käme.«
»Kirkcaldy, nicht Kirriemuir. Und ich trage zufällig keine Unterhosen. Sie kratzen mich an den Beinen.«
»Ich schäme mich für Sie, MacOggski – zu versuchen, den Appetit eines jungen Mädchens auf diese Weise zu reizen! Und wenn Sie jetzt nichts dagegen haben, werde ich den Schnaps bestellen, den Sie freundlicherweise Arbuthnot versprochen haben.«

»Bestellen Sie nur! Bestellen Sie alles, was Sie wollen! Ich bin nicht geizig, falls Sie darauf anspielen wollten.«
Aber selbst nach seinem vierten Kognak hatte Hilliard den Admiral und MacOgg, deren gegenseitiges Frozzeln sehr bald in einen Streit ausartete, noch lange nicht eingeholt.
»Ich würde gern wissen, warum Sie zu dieser Nachtzeit den Botschafter besuchen wollen!«
»Weil der liebe alte Nodder heute abend irgendein heiteres Fest veranstaltet, und ich dem alten Knaben versprochen habe, vorbeizukommen.« Hilliard war jetzt mehr denn je davon überzeugt, daß seine Deutung der Nichtanwesenheit des Botschafters bei seinem Vortrag richtig gewesen war. Wenn Seine Exzellenz nicht absichtlich dem dysteleologischen Irrationalen aus dem Wege gegangen war, mußte sein Aufenthalt auf dem Lande bemerkenswert kurz gewesen sein.
»Der liebe alte Nodder.« MacOgg machte den Admiral so täuschend echt nach, daß Hilliard sich fragte, warum MacOgg nicht immer wie der Admiral sprach, statt wie MacOgg. »Und wie nennt Lady Nodder sich? Glockenblume?«
»Kommen Sie mit, Arbuthnot.« Der Admiral erhob sich schwankend. »Lassen wir dem ungehobelten MacOggski sein bißchen *stufski*. Ich bin sicher, Nodder wird entzückt sein, Ihre Bekanntschaft zu machen.«
»Ich ungehobelt? Und wer läuft weg und läßt mich all seine Schnäpse bezahlen, wenn ich fragen darf?«
»Die Engländer werden Ihre Schnäpse bezahlen. Die Engländer werden die Getränke des Schotten bezahlen. Fünfhundert für jeden wird reichen, denke ich, Arbuthnot.«
Hilliard zog einen braunen Geldschein aus einem Bündel und reichte ihn dem Admiral. Die Kosten von MacOggs Schnäpsen würden ein billiger Preis sein, wenn er dafür

mit Halina allein bleiben konnte, und Hilliard hatte sich einen Plan ausgedacht.
»Sie sollten den Admiral begleiten, Mr. MacOgg«, sagte er. »Wenn es jemanden gibt, der weiß, wo man in Warschau ein Hemd für zehn Zlotys gewaschen bekommt, dann ist es der britische Botschafter.«
»Weil er so wenig Kredit hat, meinen Sie?« Ein paar Sekunden lang funkelten die arroganten Augen vor Begierde, und dann wurden sie wieder glasig. »Ich bin mit dem Mädchen hier verabredet. Jedenfalls ist der Admiral der richtige, um den alten Nodder danach zu fragen. Ich bin viel zu ungehobelt.«
Während der Admiral den Kellner bezahlte, machte Hilliard Halina verzweifelte Zeichen, aber sie warf ihm nur eine Kußhand zu und sagte: »*Jutro!*«
»Das heißt morgen, Arbuthnot«, sagte der Admiral, während er das Geld, das er von den beiden Fünfhundert-Zloty-Scheinen herausbekommen hatte, in die Tasche steckte. »Wahrscheinlich möchte sie herausbekommen, ob Ihre Beine ebenso allergisch gegen Unterhosen sind wie die MacOggskis. Und wir sollten Nodder fragen, ob er Ihnen mit einer jener Rüstungen aushelfen kann, die sicherlich bei ihm in seiner prächtigen Halle stehen. Was ist los, MacOggski? Sie wollen doch nicht etwa, daß wir auch noch *l'amour* bezahlen?«
»Mein Beutel. Sie haben meinen Beutel vergessen. Haben Sie gehört, was Mr. Arbuthnot eben gesagt hat? Wie wäre es, wenn Sie meinen Beutel mitnähmen und den alten Nodder fragten, ob er nicht eine Wäscherei kennt, die Hemden für zehn Zlotys wäscht. Oder fürchten Sie, er könnte dann denken, Sie seien ungehobelt?«
»Was Sie wirklich sagen wollen, MacOggski, ist, daß Sie fürchten, daß, wenn Sie Ihren Wäschebeutel selber tragen müssen, die Liebesspiele dadurch behindert werden, denen sich mit Ihrer Freundin hinzugeben Sie vielleicht vor-

haben, ehe der Abend um ist. Kommen Sie, Arbuthnot. Barmherzigkeit trägt alles, selbst Wäschebeutel.«

Aber es war Hilliard, der den Wäschebeutel tragen mußte, damit der Admiral beide Hände benutzen konnte, um sich die schmale Treppe hinaufzuhieven. Auf der Rynek Starego Miasta war kein Taxi, und so mußten sie bis zur Krakowskie Przedmiescie gehen, ehe ein Fahrer auf die lauten Rufe des Admirals reagierte.

Durch die erleuchteten Fenster der britischen Botschaft drangen die gemessenen Trauerklänge einer offiziellen Feier. »Die Schlacht ist noch in vollem Gang«, sagte der Admiral und ergriff den Wäschebeutel, um es Hilliard leichter zu machen, den Taxifahrer zu bezahlen.

In der Halle stand der Botschafter persönlich, mit Silberschnüren wie ein Tennisplatz markiert.

»*Timeo Danaos et dona ferentes*, Tomate, alter Junge!« Der Botschafter warf einen diskreten habgierigen Blick auf den Wäschebeutel. »Was wird dort meinen Augen begegnen, wenn ich ihn öffne, um zu sehen, was Sindbad mir gebracht hat? Orangen hoffe ich – den kleinen Gintropfen des Botschafters Ihrer Majestät könnte etwas Schutzfarbe nichts schaden.«

»Hemden aus Kirkcaldy, Nodder, alter Junge, mit denen mich ein rücksichtsloser schottischer Streichholzschachtelsammler beladen hat. Es tut mir leid, daß ich Ihnen den Mund wäßrig gemacht habe.« Als der Admiral den Wäschebeutel dem Mann in der Kleiderablage zuwarf, wurde Hilliard klar, daß er niemals die Absicht gehabt hatte, MacOggs Auftrag auszuführen und den Botschafter zu fragen, wo man in Warschau ein Hemd für weniger als fünfzehn Zlotys gewaschen bekommen könnte. »Und jetzt erlauben Sie mir, Ihnen meinen Freund Arbuthnot vorzustellen, der hier ist, um zu helfen, den Export anzukurbeln. Traktoren oder Fernsehapparate. Arbuthnot? Sie haben es mir nicht gesagt.«

»Guten Abend.« Der Botschafter starrte Hilliard mit glasigen Augen an, als wäre er ein Bus, in den er nicht einsteigen wollte, oder eine Reklame für Ketchup, und als sie oben auf der Treppe anlangten, sprach er immer noch ausschließlich mit dem Admiral. »Hören Sie mal, Tomate, wenn es Ihnen nichts ausmacht, könnten Sie mir einen Gefallen tun. Seit dem Streit zwischen Chruschtschow und Mao um die Koexistenz hat Gomulka den anderen Strolchen befohlen, China zu boykottieren, und darum wäre ich Ihnen dankbar, wenn Sie zu Hoo Flung Dung dort drüben gingen und sich mit ihm unterhielten.« Der Botschafter deutete mit dem Kopf auf einen Chinesen, der einsam und verlassen am anderen Ende des Raums stand.

»Gern, alter Junge. Für Sie tue ich alles.« Der Admiral eilte mit so wiegenden Seemannsschritten davon, daß die geschmückten Hintern der Damen, an denen er vorüberging, wie Rettungsbojen auf und ab zu hüpfen schienen. Hilliard blieb mit dem Botschafter allein, in dessen Gesicht sich kein Muskel regte.

»Obwohl ich selber nie Streichholzschachteln gesammelt habe, Mr.... Arbuthnot, als häusliches Hobby, wenn es draußen regnet, hat es wahrscheinlich seinen Reiz. In Polen regnet es sehr viel, Mr.... Arbuthnot. Der Niederschlag in den Karpaten und in den Sudeten beträgt achthundert bis eintausendfünfhundert Millimeter. Sicherlich haben darum die Streichholzschachtelsammler Warschau dieses Jahr als Tagungsort gewählt, Mr.... Arbuthnot.« Das ständige Wiederholen des absurden Vokativs und die gewollte Pause jedesmal, ehe er den Namen aussprach, machten es Hilliard klar, daß der Botschafter wie Karminksi und Sardine ihn irrtümlich für Walfisch hielt, über dessen Mission in Warschau Seine Exzellenz zweifellos inoffiziell informiert worden war. Aber da Traktoren so wenig mit Literatur zu tun haben wie das Fernsehen, konnte der Botschafter nichts von Walfischs Tarngeschichte wissen, und seine Schlußfolgerung beruhte gewiß darauf, daß Hilliard ein beklommenes Gesicht gemacht hatte, als der Admiral ihn unter einem Namen vorstellte, der nicht sein eigener war.

»Ein Glas Wodka, Mr.... Arbuthnot? Oder ist vielleicht Kognak mehr nach Ihrem Geschmack?« Hilliard hätte nie erfahren, daß der Diener mit dem Tablett voller Gläser ein für dieses Fest engagierter Kellner war, wenn nicht über der braunen Samtjacke Hippolytes trauriges Gesicht aufgeragt wäre, der sich aber trotzdem nicht anmerken ließ, daß er Hilliard kannte.

»*Voyons donc, Excellence.*« Das affektierte Französisch kam aus dem Munde einer älteren Frau, die wie ein Kinoeingang glitzerte, herübergesegelt, und das gezwungene Lächeln, mit dem sie den Botschafter bedachte, als ihre ausdruckslosen Augen den seinen begegneten, ließ Hilliard vermuten, daß es Glockenblume war. »Ein Mann namens Hilliard scheint auf die andere Seite übergegangen zu sein, Mr.... Arbuthnot. Er hat in einer Zeitung, die *Polska Prawda* heißt, gehetzt – gegen uns, nicht gegen sie. Offenbar ist er Professor der Physiologie an einer dieser hypermodernen Universitäten, wo alle Kommunisten werden, und er ist hergekommen, um einen Vortrag über den dynamischen Kot oder etwas Ähnliches zu halten. Ich habe mich gefragt, ob Sie ihm vielleicht zufällig in Ihrem Hotel begegnet sind, Mr.... Arbuthnot.«

»Nicht, daß ich wüßte, Euer Exzellenz.« Da die Dinge diese Entwicklung nahmen, hielt es Hilliard für sicherer, daß der Botschafter weiter glaubte, er sei Walfisch, alias Arbuthnot, als daß er entdeckte, daß er Arbuthnot alias Hilliard war.

»Jedenfalls, wenn Sie einen Kerl mit langem Haar und schmutzigem Hals durch einen Korridor schleichen sehen, als suche er eine gut aussehende Sardine, die er in ein

Schicksal verwickeln will, das schlimmer ist als der Tod, dann schlagen Sie den Kerl nieder, Mr.... Arbuthnot.« Das, was der Botschafter damit andeuten wollte, erschien hinter einem flüchtigen Lächeln wie das Wasserzeichen auf einer Banknote, die ein mißtrauischer Kassierer gegen das Licht hält. »Ich war übrigens Gott sei Dank nicht so töricht, zu dem Vortrag über den dynamischen Kot zu gehen. *Amusez vous bien, Monsieur*... Arbuthnot.« Der Botschafter nickte kurz und ging in den angrenzenden Ballsaal, in dem die Musik von neuem laut erklang.

Der Admiral und der chinesische Botschafter waren nirgends zu sehen, und so blieb Hilliard nichts anderes übrig, als auf den salbungsvollen Blödsinn zu hören, den die anderen um ihn herum verzapften – man hatte Proust, schien es, mit ebensowenig Nutzen gelesen wie den heiligen Paulus. Plötzlich merkte er, daß jemand leise von hinten auf ihn zukam, aber es war kein Diplomat, der darauf brannte, über den Gemeinsamen Markt oder Polo zu diskutieren, sondern Hippolyte, der mit seinem Tablett voller Gläser zurückkehrte.

»Monsieur ist vielleicht überrascht, mich in dieser Umgebung zu sehen, aber in der Not frißt der Teufel Fliegen: das Leningrad zahlt schlecht, und die Trinkgelder der Streichholzschachtelsammler sind sogar noch kümmerlicher als die der Bücherrevisoren und Auktionatoren. Monsieur, wenn ich so sagen darf, sieht traurig aus. Ich hoffe, der Grund ist nicht, weil heute abend bei dem Geschäft mit Mademoiselle Haline im Café Manekin ein Haken war.«

»Ein Haken ist das richtige Wort. Der Mann, mit dem Sie mich vielleicht haben kommen sehen, und ein anderer Streichholzschachtelsammler saßen mit ihr am Tisch, als ich dorthin kam, und der andere Streichholzschachtelsammler wollte durchaus mit ihr zusammenbleiben. Sie hat nur etwas von morgen gesagt, aber nicht, wann und wo, und ich nehme an, sie meinte wieder im Manekin um elf Uhr.«

»Ich werde es mir zur Aufgabe machen, es für Monsieur in Erfahrung zu bringen. Sollte Monsieur den Freund suchen, mit dem er gekommen ist, dann muß ich Monsieur leider sagen, daß er vor einer halben Stunde mit Seiner Exzellenz, dem chinesischen Botschafter, weggegangen ist.«

Als Hilliard um sich blickte, sah er, daß sich die Gesellschaft bereits zu lichten begann. Ohne sich die Mühe zu machen, sich von dem Botschafter zu verabschieden, schlich er hinunter, und es gelang ihm, dem Mann in der Kleiderablage verständlich zu machen, daß er seinen Hut und Mantel und ein Taxi haben wollte. Erst als er sich in seinem Zimmer im Leningrad auszog, fiel ihm ein, daß er vergessen hatte, um MacOggs Wäschebeutel zu bitten, und er fragte sich, ob der Admiral daran gedacht haben mochte, aber er war so wütend auf den Schotten, daß ihm das gleichgültig war.

NEUNTES KAPITEL

AM NÄCHSTEN MORGEN WURDE HILLIARD durch lautes Klopfen an der Tür geweckt. Sein Besucher war wieder Karminski, der, die Arme reglos an den Seiten herunterhängend, hereinkam und sich dann auf Hilliards Unterwäsche, die auf dem Sessel lag, setzte.

»Professor Hilliard, im Bus auf der Fahrt zum Londoner Flughafen haben Sie mir gesagt, Sie kennten Admiral Sir David Doddick nicht. Und jetzt sehe ich, daß Sie in Wirklichkeit sehr gut mit ihm bekannt sind. Warum haben Sie mich belogen?«

»Ich habe Sie nicht belogen. Es war die reine Wahrheit. Ich kannte den Admiral da noch nicht. Aber neulich abends hatte der schottische Streichholzschachtelsammler, von dem ich Ihnen erzählt habe, daß er zu geizig ist, fünfzehn Zlotys für das Waschen eines Hemdes zu zahlen, mich ihm vorgestellt.« Ob Karminski Hilliard auf seinem Spaziergang durch die Marscalkowska nachgegangen war oder nicht, er hatte ihn offenbar im Leningrad beobachten lassen.

»Wie soll ich wissen, ob es nicht der Admiral war, der zu geizig war, fünfzehn Zlotys für das Waschen eines Hemdes zu zahlen, und daß nicht er es war, der Sie dem schottischen Streichholzschachtelsammler vorgestellt hat.«

»Haben Sie ein Herz, Herr Karminski. Ich weiß, Britannien beherrscht nicht mehr die Weltmeere, aber seine pensionierten Admiräle können es sich noch immer leisten, fünfzehn Zlotys für das Waschen eines Hemdes zu zahlen.«

Der Wodka, den Hilliard seit seiner Ankunft in Warschau getrunken hatte, begann seinen Bauch so anschwellen zu lassen, daß er durch den Schlitz seiner Pyjamahose herausquoll, aber nicht nur, um seine Blöße zu verbergen, sondern um den Eindruck zu erwecken, daß ihm alles gleichgültig sei, stieg er wieder ins Bett und zog die Decke bis ans Kinn.

»Soll ich Ihnen sagen, was ich glaube, Professor Hilliard? Ich glaube, der Admiral hat nur so getan, als ob er Sie nicht kenne, als er vorgestern abend in dem Restaurant an unserem Tisch vorüberging, und Sie haben nur so getan, als ob Sie den Admiral nicht kennten. Ich glaube, daß, ebenso wie Sie aus einem Grunde hier sind, der nichts mit der *Towarcystwo Metafizyczne w Warszawie* zu tun hat, der Admiral aus einem Grunde hier ist, der nichts mit der Tagung der Streichholzschachtelsammler zu tun hat.«

»Soll ich Ihnen sagen, was ich glaube, Herr Karminski? Ich glaube, mit einer Phantasie wie der Ihren hätten Sie Romanschriftsteller werden sollen.« Es war eine schwache Antwort, das wußte Hilliard, aber er bezweifelte, ob der wirkliche Walfisch aus dem Stegreif eine bessere hätte geben können.

»Phantasie ist in unserem Beruf nützlich, Professor Hilliard, zumal wenn sie durch Tatsachen erhärtet wird. Die erste Tatsache, die ich über Sie und den Admiral erfahren habe, ist, daß Sie mit ihm hier in diesem Hotel nach Ihrem Vortrag vor der *Towarcystwo Metafizyczne w Warszawie* getrunken haben.«

»Das war, als der Schotte mich ihm vorgestellt hat. Ich war auf dem Wege durch das Restaurant zur Bar, als dieser MacOgg mich festgehalten hat, und aus Höflichkeit mußte ich mich an ihrem Tisch niederlassen.«

»Und die zweite Tatsache, die ich über Sie und den Admiral weiß, ist, daß Sie gestern abend einem Empfang in der englischen Botschaft in seiner Gesellschaft beigewohnt haben. Wenn der Schotte Sie dem Admiral vorgestellt hat, warum hat dann der Admiral Sie und nicht den Schotten mitgenommen?«

»Weil der Schotte schon eine Verabredung hatte.« Hilliard wollte, wenn er es vermeiden konnte, weder Halina noch das Manekin erwähnen. Falls, wofür alles sprach, Karminskis Informant ein Angestellter oder ein Satellitengast in der englischen Botschaft gewesen war, dann wußte Karminski nur von seiner Anwesenheit auf dem Empfang, und da Hilliard das Geld noch umtauschen mußte, wollte er nicht das Risiko auf sich nehmen, daß heute abend ein Schnüffler in die Rynek Starego Miasta geschickt würde.

»Wenn der Schotte den Admiral nicht auf den Empfang begleiten konnte, warum konnte dann der Admiral nicht allein dorthin gehen? Warum mußte er Sie auffordern, ihn zu begleiten – Sie, der Sie mir einreden wollen, Sie hätten ihn erst am Abend zuvor zum erstenmal in Ihrem Leben gesehen?«

»Er sagte, er wolle mich dem englischen Botschafter vorstellen. Aber ich glaube, der wahre Grund war, er brauchte jemanden, der MacOggs schmutzige Hemden für ihn trug. Dieser MacOgg ist ein sehr praktischer Mann, wissen Sie, und er glaubte, wenn jemand in Warschau wisse, wer hier für weniger als fünfzehn Zlotys ein Hemd wasche, dann sei es der englische Botschafter.«

»Erzählen Sie das der Königlichen Marine! Der Admiral hätte diese Auskunft bestimmt von dem Botschafter erhalten können, ohne daß er die Hemden mitnehmen mußte.«

»Ich habe Ihnen doch schon gesagt, MacOgg ist ein Realist. Wahrscheinlich glaubte er, er würde die Hemden leichter für weniger als fünfzehn Zlotys gewaschen bekommen, wenn sie mit der Wäsche der Botschaft in die Wäscherei geschickt würden, wodurch er in den Vorteil eines Großhandelspreises gelangte. So ist es jedenfalls gewesen.«

Karminskis Informant, wer es auch sein mochte, konnte nicht der Mann in der Kleiderablage gewesen sein, denn sonst hätte Karminski von dem Wäschebeutel gewußt.

»Selbst so erklärt diese brüderliche Tat, die Hemden zu tragen, um die Würde des Admirals zu schützen, nicht, warum der Admiral Sie dem englischen Botschafter als Mr. Arbuthnot und nicht als Professor Hilliard vorgestellt hat.«
»Arbuthnot ist wie George. Es ist ein Name, den man Leuten gibt, deren Namen man nicht weiß.«
»Aber warum hätte der Admiral Sie dem englischen Botschafter als jemand vorstellen sollen, dessen Namen er nicht weiß, wenn dieser MacOgg, der zu geizig ist, fünfzehn Zlotys für das Waschen eines Hemdes zu zahlen, Sie bereits dem Admiral vorgestellt hatte?«
»Weil MacOgg meinen Namen ebenfalls nicht wußte und darum, statt mich dem Admiral vorzustellen, den Admiral mir vorgestellt hat.«
»Und ist der Admiral als Sir David Doddick oder als Admiral Arbuthnot oder George mit dem chinesischen Botschafter in die *Amabasada Chinskiej Republiki* in der Ludowej Aleja Nr. 5 gegangen?«
»Als Admiral Arbuthnot oder George vermutlich. Der Admiral hat den chinesischen Botschafter erst an diesem Abend kennengelernt.«
»Warum benutzte dann der englische Botschafter den Spitznamen Hoo Flung Dung des chinesischen Botschafters, als er ihn bat, zu dem chinesischen Botschafter zu gehen und sich mit ihm zu unterhalten?«
»Hoo Flung Dung ist wie Arbuthnot oder George. Engländer, die man nicht sehr gut kennt oder deren Namen man nicht weiß, sind Arbuthnot oder George. Chinesen, die man nicht sehr gut kennt, sind Hoo Flung Dung.«
»Die englische Sprache hat wirklich viele in ihren Tiefen verborgene Schätze. Jedenfalls, Professor Hilliard oder Mr. Arbuthnot oder Walfisch, ich möchte Ihnen dies zum Trost Ihres Ausflüchte machenden Herzens sagen: Sofern das, was Sie der *Polska Prawda* gesagt haben, nicht in der englischen Presse erschienen ist, und obwohl ich nicht

auch nur eine Minute Ihre Geschichte von diesem MacOgg und seinen Hemden glaube, sieht es jetzt ganz so aus, als könnte ich Sie in den Geheimdienst unserer Volksdemokratischen Republik einstellen.«

Es war sonnenklar; nur die Unterhaltung des Botschafters mit dem Admiral und nicht die des Botschafters mit Hilliard war Karminski berichtet worden. Karminski würde nicht so reden, wenn er gewußt hätte, daß der Botschafter die *Polska Prawda* gelesen hatte. Überrascht, daß Karminski an diese Möglichkeit nicht gedacht hatte, tat Hilliard sein Bestes, um ein Pokergesicht zu behalten: wenn er in Karminski den Wunsch erwecken wollte, mit ihm ins Geschäft zu kommen, durfte Hilliard sich nicht zu eifrig bereit zeigen, mit Karminski ins Geschäft zu kommen.

»Mein Preis ist aber gestiegen. Ich verlange jetzt nicht nur über Sardine, sondern auch über den Admiral und den chinesischen Botschafter ins Bild gesetzt zu werden.«

»Wie kann ich Ihnen sagen, was ich selber nicht weiß?«

»Verstellen Sie sich nicht, Professor Hilliard. Warum sollte der Admiral Sie dem englischen Botschafter als Mr. Arbuthnot vorgestellt haben, wenn er nicht selber auch ein britischer Agent wäre?«

Die Dinge hatten wieder eine schlimme Wendung genommen, und Hilliard sah keinen Ausweg aus dieser gefährlichen Lage, in die ihn ein zufälliges Zusammentreffen gebracht hatte. Man konnte Karminski vielleicht davon überzeugen, daß Sardine verschwunden war und daß Hilliard keinen Kontakt mit ihm hatte aufnehmen können. Man konnte ihn vielleicht sogar glauben machen, daß Hilliard aus Sicherheitsgründen über das, was der Admiral mit dem chinesischen Botschafter ausheckte, nicht informiert worden war. Die eine oder andere Geschichte schluckte Karminski vielleicht, aber bestimmt nicht beide.

»Jedenfalls haben Sie noch ein paar Tage Zeit, sich die Sache zu überlegen, Professor Hilliard. Daß die englischen Tageszeitungen Ihr Interview mit der *Polska Prawda* nicht erwähnt haben, bedeutet nicht, daß die Sonntagszeitungen es nicht tun werden, und darum werden wir frühestens Dienstag zur Sache kommen können.«

Als Karminski gegangen war, sah Hilliard auf seine Uhr. Es war zehn Minuten nach zehn. Fräulein Zamoyskas Telefonieren hatte endlich Erfolg gehabt, und er konnte sich rasieren, ohne daß das Telefon in seinem Zimmer läutete; aber selbst wenn ihre Telepathie ihm einen Badewannenstöpsel herbeigezaubert hätte, er hätte kein Bad genommen; er konnte nicht riskieren, zu spät an dem Friedhofstor zu erscheinen. Sardine war der einzige Mensch, der ihm jetzt helfen konnte.

NOCH WENIGER ALS AM ABEND ZUVOR konnte es sich Hilliard leisten, dadurch ein Risiko auf sich zu nehmen, daß er sich von dem Portier ein Taxi rufen ließ. Seine Eile zügelnd, ging er die Marscalkowska entlang, bis er sicher war, daß ihm niemand folgte, und kehrte dann zu dem Taxistand zurück. »*Tak, Pana, Cmentarz Powazkowski*«, sagte der Fahrer als Antwort auf Hilliards Anweisung in englischer Sprache. Niemand schien das Taxi zu beobachten, als es sich in Bewegung setzte, und niemand stieg in das dahinter stehende. Alles, was Hilliard sehen konnte, als er aus dem Hinterfenster blickte, waren die Gehsteige, die von der anonymen Spreu der Geschichte wimmelten und die roten Straßenbahnen vier, fünfzehn, neunzehn und dreiundzwanzig, die wie Yachten, die eine Regatta-Nummer tragen, die Marscalkowska hinauf- und hinunterfuhren.

Das Herz schlug ihm bis zum Hals, als auf einer breiten Straße, durch die ebenfalls Straßenbahnen fuhren, ein Polizist in brauner Lederjacke und weißer Mütze die Hand hob und den Wagen stoppte. Es war aber nur eine Verkehrskontrolle. Der Polizist prüfte die Papiere des Fahrers, die Scheinwerfer und Windschutzscheibenwischer, jedoch so gründlich, daß es zehn Minuten vor elf war, als er endlich dem Fahrer gestattete, weiterzufahren. Wartete ein Geheimagent auf den anderen Geheimagenten, wenn der andere Geheimagent zu spät kam? fragte sich Hilliard. Würde er nicht gegen die für ihn geltenden Gesetze verstoßen, wenn er riskierte, dadurch die Aufmerksamkeit auf sich zu lenken, daß er allzu lange müßig herumstand? Durch die nächste Straße, in die sie einbogen, fuhren nur die Straßenbahnen acht und zweiundzwanzig. Die Zahl der Häuser wurde immer kleiner, und man war jetzt schon fast auf dem Lande. Um zwei Minuten vor elf machte der Fahrer eine scharfe Wendung nach links, und ein paar Sekunden später hielt er vor dem eisernen Tor. Ein Mann stand davor, und das wenige sandfarbene Haar, das über der aufgeschlagenen Zeitung, die er in den Händen hielt, sichtbar wurde, genügte, um Hilliard erkennen zu lassen, daß es Sardine war. Da er wußte, daß ein vor dem Friedhof wartendes leeres Taxi für Karminski so nützlich sein würde wie eine Fußspur, bezahlte Hilliard den Fahrer, darauf vertrauend, daß eine der Straßenbahnen acht oder zweiundzwanzig ihn zumindest einen Teil des Weges zum Hotel zurückbringen würde.

»Bitte«, sagte er, als er auf die immer noch hochgehaltene *Tribuna Ludo* zuging, »da ist etwas, was ich Ihnen unbedingt erklären muß.«

»Seien Sie kein Narr. In diesem Lande haben sogar Friedhofsmauern Ohren.« Sardine führte Hilliard schnell durch das Tor und sprach erst wieder, als er vor einem Gräberfeld voll vom Regen verwitterter Holzkreuze stehenblieb. »Unsere Toten aus dem Kriege von neunzehnhundertzwanzig. Seltsam, nicht wahr, wieviel leichter ist es, die Gefallenen zu lieben, als die, die überlebt haben? Sie sind doch sicherlich Katholik?«

»Nur soweit es der Kirche von England gelingt, mich für einen zu halten.«

»Das ist komisch. Kaviar schickt fast immer römische Katholiken. Aber vielleicht ist der Nachschub knapp geworden.«

»Darüber wollte ich gerade mit Ihnen sprechen. Kaviar hat nicht...«

»Vorsicht.« Als Hilliard über seine Schulter blickte, verstand er, warum Sardine ihn gewarnt hatte. Hinter ihnen aufgereiht, stand eine Abteilung von Männern in blauen Uniformen, die so sehr Polizisten glichen, daß Hilliards erster Gedanke war, Karminski habe sie geschickt, damit sie ihn und Sardine verhafteten. Aber als die Männer eine

Weile dort gestanden und mit respektvoller Langeweile auf die Gräber gestarrt hatten, gingen sie den Hügel weiter hinauf.

»Eisenbahner«, erklärte Sardine. »Aber man weiß nie: Bekas hat es faustdick hinter den Ohren, und darum gehen wir vielleicht besser langsam ein Stück weiter, ehe Sie mir die Instruktionen geben.« Die Eisenbahner waren nur noch ein Tintenfleck am Horizont, als Sardine vor einem Gräberfeld mit neueren Kreuzen, die mit Bändern und Blumen wie die Hüte von Bauernmädchen auf einem Jahrmarkt geschmückt waren, stehenblieb.

»Das Zoska-Bataillon«, sagte Sardine. »Junge Leute von sechzehn bis fünfundzwanzig. Eine ganze Generation junger Männer ist von den deutschen Maschinengewehren truppweise niedergemäht worden, und sie waren nicht alle tot, als sie begraben wurden. Jedenfalls, wofür sie auch gestorben sein mögen, für die neuen Lehren des Westens nicht. In Polen ist Heiligkeit noch nie Scheinheiligkeit und Gefühl noch nie Sentimentalität gewesen.«

»Wir denken nicht alle so.« Da Hilliard es für geschmacklos hielt, von seinen eigenen Problemen zu sprechen, während Sardine die Helden eines Landes beklagte, blickte er auf die Gräber der jungen polnischen Soldaten, die hier in engen Reihen nebeneinander schliefen wie die Northumberlands und Argylls in Etaples, ausgerichtet für die Ewigkeit, als wären sie bei einer Parade gefallen.

»Sprechen Sie jetzt eine Weile nicht Englisch. Da kommt jemand den Weg hinauf, der aussieht, als könne er ein Lockspitzel sein.« Es war ein Eisenbahner, der ganz allein auf sie zukam, aber dann blieb er mit Tränen in den Augen vor den geschmückten Kreuzen stehen, und er folgte Sardine und Hilliard nicht, als sie zu einem anderen Gräberfeld weitergingen.

»Die acht Märtyrermädchen«, sagte Sardine. »Der Vers, den Sie auf dem Grabstein sehen, ist der, den sie gesungen haben, als sie abgeführt wurden, um erschossen zu werden. Werden die Opfer von Polaris und Minuteman auch mit einem Lied auf den Lippen in den Tod gehen? Werden sie es tun, selbst wenn sie die Zeit dazu haben?«

Wie es kam, daß Sardine Englisch wie ein Engländer sprach? fragte sich Hilliard. Hatte er eine englische Mutter gehabt?

»Und jetzt, Walfisch, um uns davor zu bewahren, uns weiter hier zur Zielscheibe zu machen, will ich Ihnen sagen, was mir zu sagen Sie gekommen sind. Kaviar hat recht: ich habe mir Zeit gelassen; aber was er nicht weiß, ist, daß ich mir absichtlich Zeit gelassen habe. Sagen Sie ihm von mir, ich spiele nicht länger mit. Wenn Kaviar wissen will, wo sich die russischen Abschußbasen für interkontinentale Raketen befinden, dann soll er nur Lachs in einem Satelliten mit einer Kamera über sie hinwegfliegen lassen – ich lasse nicht zu, daß die Marienkinder in Lublin für Ascott und Cafébars ihr Leben aufs Spiel setzen. Und darum mache ich nicht mehr mit – zwei, das geht, aber dreihundertdreiunddreißig, nein.«

Als Sardine schnell in die eine Richtung davonging, kam aus der anderen eine Horde Streichholzschachtelsammler mit ihren rosa Schildchen den Weg herunter.

Der Admiral trennte sich von den Pilgern und ging auf Hilliard zu.

»Sagen Sie, Arbuthnot, ich hoffe, Sie haben, als Sie gestern abend die Party verließen, daran gedacht, um MacOggskis Hemden zu bitten, denn ich habe es nicht getan.«

»Ich habe es leider auch vergessen.«

»Dann bleibt mir nichts anderes übrig, als Nodder anzurufen und zu hoffen, daß es ihm gelingt, mir die Hemden wieder zukommen zu lassen, ehe MacOggski mich nach ihnen fragt. Bis jetzt hat er noch kein Wort gesagt, aber wahrscheinlich, weil er sich noch nicht von Bacchus und

Venus erholt hat, und darum sorgen Sie um Himmels willen dafür, daß er das Thema nicht erwähnt!« Der Admiral eilte davon, da MacOgg angeschlendert kam.
»Mann, dies ist ja ein trostloser Ort, um sich zu vergnügen. Das erinnert mich an ein Rätsel, das ich einmal gehört habe. Wenn man nachts auf einen Friedhof geht, was kann man dann die Toten sagen hören? Geben Sie schon auf? Nun, ich werde es Ihnen verraten. Wenn man nachts auf einen Friedhof geht, kann man die Toten sagen hören: Nichts! Nichts! Nichts! Natürlich sagen die Toten nichts, weil sie den Mund nicht aufmachen können. Gut, nicht wahr, Mac?«
Hilliard machte sich zuviel Sorgen, weil Sardine weggelaufen war, um Heiterkeit heucheln zu können. Wenn es ihm nicht gelang, Sardine einzuholen, ehe er das Tor des Friedhofs erreicht hatte, war er verloren. Die Hauptgruppe der Streichholzschachtelsammler stand jetzt vor dem Grab der acht Märtyrermädchen, aber je weiter sie von dem Admiral entfernt standen, um so geringer wurde ihre Aufmerksamkeit. Ohne ein Wort der Erklärung zu MacOgg zu sagen, ließ Hilliard ihn stehen und rannte davon. Aber Sardine war entweder schneller gelaufen oder über eine Mauer gesprungen, denn er war nirgendwo zu sehen, als Hilliard durch das Tor herausgerannt kam. Da Sardine sich vielleicht versteckte, bis die Streichholzschachtelsammler zu einem anderen Teil des Friedhofs weitergegangen waren, beschloß Hilliard zu warten. Doch eine halbe Stunde später war Sardine immer noch nicht erschienen, und Hilliard war nahe daran, es aufzugeben und eine Straßenbahn zu besteigen, als ein Motorroller den Mittelweg des Friedhofs im Freilauf heruntergefahren kam. Auf dem Motorroller saß Hippolyte, der auf Hilliard zufuhr und sagte:
»Monsieur hat also auch Polens glorreiche Tote besucht?«
Die auseinanderstehenden Zähne waren wie Ausrufungs-

zeichen, die die Aufrichtigkeit der Übertreibung unterstreichen sollten – die glorreichen Toten zu besuchen, ließ sich offensichtlich mit dem Versuch vereinigen, Gäste dazu zu animieren, mit den glorreichen Lebenden ins Bett zu gehen.

Hilliard nahm mit Freuden Hippolytes Anerbieten an, ihn auf dem Rücksitz seines Motorrollers zum Leningrad zurückzufahren; aber Hippolyte fuhr so schnell, daß Hilliard über die Pause froh war, als der Verkehrspolizist, der das Taxi auf dem Wege zum Friedhof angehalten hatte, sie ebenfalls anhielt, um Hippolytes Papiere und sein Fahrzeug zu überprüfen.

»Ich habe ihn daran erinnert, daß er mich schon vor einer halben Stunde überprüft hat, doch es nützte nichts«, brummte Hippolyte, als sie wieder weiter fuhren, aber langsamer, bis sie außer Sicht des Verkehrspolizisten waren. »Das gleiche ist mir am letzten Sonntag passiert, als ich mit meiner Frau ausfuhr. Meine Frau, Monsieur, ist sehr nett, und ich bin ihr immer treu gewesen.«

Wieder eine dieser polnischen Treueinseln, dachte Hilliard, sagte aber nichts.

»Vielleicht hat darum Monsieur die Einladung von Mademoiselle Halina neulich abends nicht angenommen. Vielleicht ist Monsieur seiner Frau auch immer treu.«

»Nur weil Versuchung und Gelegenheit nie zusammentrafen. Darum wäre ein Lob unangebracht.«

»*Ah, ces Anglais!* Jedenfalls wird Monsieur sich freuen, zu hören, daß ich eine gute Nachricht für ihn habe. Ich habe bereits mit Mademoiselle Halina telefoniert, und sie bestätigt, daß sie ihn heute abend um elf Uhr im Café Manekin erwartet. Sie bittet mich auch, Monsieur zu versichern, sie werde dafür sorgen, daß sie allein ist.«

Obwohl Hilliard für diese Mitteilung dankbar war, war er zu beunruhigt darüber, daß es ihm nicht gelungen war, Hilfe von Sardine zu erhalten, um ihr große Bedeutung beimessen zu können. Wenn Karminski Hilliard erst erlaubte, nach England zurückzukehren, nachdem er einen Mann verraten hatte, dessen Identität er nicht kannte, und ihm ein nicht existierendes Komplott enthüllt hatte, dann sah es nicht so aus, als ob die zweihundertachtundneunzig Pfund neun Shilling Provision für Catacomb und Priddle mehr praktischen Nutzen haben würden als die hundertsechsundsiebzig Pfund elf Shilling, die er in seiner Steuererklärung unterschlagen wollte.

Aber das Lächeln, mit dem ihn Fräulein Zamoyska bedachte, als er die Halle des Leningrad betrat, war so strahlend, daß es fast alle Ängst bannte, die ihn seine Verabredung mit ihr hatten vergessen lassen.

»DA SEHEN SIE, WIE WEITVERBREITET IHR Buch in Polen ist«, sagte Fräulein Zamoyska, als sie Hilliard auf den Schuhputzer aufmerksam machte, der wie Pilsudski aussah und seine Nase in *Symfonia Dysonansow* steckte. »Natürlich weiß ich nicht, ob alle Ihre Leser verstehen, wie klug Sie sind.«

Wie anders war sie als Charlotte! Charlotte hatte sich nie für das interessiert, was er schrieb, und erst recht nicht gezeigt, daß sie ihn für klug hielt.

»Und Sie haben so recht mit dem dysteleologischen Irrationalen«, fuhr Fräulein Zamoyska fort, während sie ihren Mantel auszog und ihn zusammengerollt dem Mann in der Garberobe reichte. »Warum sollte es immer Polen sein, das wie Christus zwischen zwei Dieben am Kreuze hängt? Warum sollte es nie die Schweiz sein?« Sie runzelte nachdenklich die Stirn.

»Da haben Sie mich in die Enge getrieben.« Aber selbst der komische Anblick von Fräulein Zamoyskas lila Pullover und scharlachroten Wollstrümpfen vermochte nicht die Drangsal des Morgens zu verscheuchen. Nur Wodka vermochte das, und Hilliard hatte es so eilig, seine Wirkung zu spüren, daß er das Mädchen in eine kleine verlassene Bar neben der Halle geradezu hineinstieß.

»Heute kann ich unbesorgt trinken, da ich nicht Auto fahre«, sagte Fräulein Zamoyska und schwang sich auf einen Hocker, wobei sie ihre verführerischen Knie zeigte. »Sagen Sie, hat der Gedanke Sie erreicht, den ich vorgestern abend gesendet habe, um Ihnen zu erklären, warum ich nicht in Ihrem Vortrag war?«

»Natürlich.« Da er ihr eine Freude machen wollte, sagte Hilliard in der Hoffnung, damit das Richtige zu treffen: »Als ich sah, daß Sie nicht am Pressetisch saßen, wurde mir blitzartig klar, daß man Sie zu einem anderen ausländischen Besucher geschickt hatte, um ihn zu interviewen.«

»Zu was für einen anderen ausländischen Besucher?«

»Zu einem französischen kommunistischen Politiker.«

»Falsch. Zu einem englischen Streichholzschachtelsammler: Admiral Sir David Doddick. Und jedenfalls hätte es Ihnen blitzartig klarwerden müssen, ehe Sie das Hotel verließen, um sich zu Ihrem Vortrag zu begeben, denn da habe ich Ihnen den Gedanken gesendet. Sie sehen selber: es hat nicht funktioniert.« Sie verzog den Mund so kläglich, daß es Hilliard gleich war, wieviel er noch lügen mußte, um sie zu trösten.

»Immerhin kann ich Ihnen sagen, daß ein Gedanke, den Sie gesendet haben, seine Wirkung getan hat. Erinnern Sie sich, daß Sie wegen des fehlenden Stöpsels in meiner Badewanne einen Gedanken zu dem Portier hinuntergesendet haben? Nun, als ich an jenem Abend zu Bett ging, war ein neuer Stöpsel an der Kette, und die Telefonglocke, derentwegen Sie unten anriefen, ist erst am nächsten Nachmittag in Ordnung gebracht worden.«

»Woher wissen Sie, daß das Zimmermädchen nicht bemerkt hat, daß der Stöpsel fehlte, als sie abends das Bett aufdeckte, und den Hausklempner gerufen hat?«

»Aus dem einfachen Grunde, weil sie mein Bett nicht aufgedeckt hat – ich mußte das selber tun und die Vorhänge ebenfalls selber zuziehen, und das Badezimmer war nicht aufgeräumt.«

»Dann hat es funktioniert. Wissen Sie, ich glaube, es ist der erste konkrete Beweis dafür, den ich je bekommen habe. Ich danke Ihnen! Ich danke Ihnen! Ich danke Ihnen!« Sie lächelte ihn so ekstatisch an, und die Hand, die kurz seine drückte, war so weich, daß das beides fast ebenso wie der Wodka seine Angst vor Karminski betäubte.

»Es ist besser zu lachen als zu weinen, nicht wahr,

M'sieur et Dame«, sagte Hippolyte, als er ihnen die Stühle im Restaurant hinschob.

Während Fräulein Zamoyska für sie beide bestellte, kam Halina auf ihrem Wege zu der anderen Bar, sich affektiert in den Hüften wiegend, an ihrem Tisch vorüber und bewegte die Lippen, um Hilliard stumm zu sagen: »*Ma-nekin Ry-nek Star-e-go Mi-a-sta.*«

»Das war das Mädchen, das Ihnen neulich abends schöne Augen gemacht hat, nicht wahr?« sagte Fräulein Zamoyska, als sie Hippolyte die Speisekarte zurückreichte. »Glauben Sie nur nicht, ich hätte es nicht bemerkt. Vermutlich zieht Ihre soldatische Erscheinung sie so an. Sagen Sie: haben Sie wirkliche Heldentaten für Ihr Land im Kriege vollbracht?«

»Nicht eigentlich.« Außer, daß er bereits gestanden hatte, um die deutschen Panzer mit einem Revolver, mit dem er nicht umzugehen wußte, zurückzudrängen, war die einzige Heldentat, die Hilliard im Kriege vollbracht hatte, gewesen, daß er dem Hauptmann der fünften Kompanie vom dritten Shropshire Füsilierregiment gedroht hatte, ihn seinem Bataillonskommandeur zu melden, wenn er nicht die Quittungen über erhaltene kleine Summen postwendend schickte. Aber selbst da war es R. F. C. Bircumshaw, Leutnant und Zahlmeister, gewesen, der den Brief unterschrieben hatte.

»Bestimmt nur, weil Sie das Pech hatten, keine Gelegenheit dafür zu haben. Ich hatte natürlich auch keine Gelegenheit: als der Krieg vorüber war, war ich erst fünf. Aber ich bin jetzt bereit, alles zu wagen, um die beiden Kulturen zu verteidigen.«

»Literatur und Wissenschaft, meinen Sie?« So war sie also auch schon angesteckt worden.

»Marxismus und Theologie, meine ich. Ich weiß, sie werden meistens als unvereinbar betrachtet, aber alles, was am Marxismus falsch ist, ist seine Theologie, und alles, was an der Kirche falsch ist, ist ihre Soziallehre. Wenn Chruschtschow und der Papst das erst einmal einsehen, wird es keinen Eisernen Vorhang und keinen kalten Krieg mehr geben.«

»Berdjaew ist nicht ganz so optimistisch«, sagte Hilliard sanft. »Berdjaew glaubt, daß die Christen und die Welt einander weiter verraten werden bis ans Ende der Zeit.«

»Berdjaew ist nicht der neue Thomas von Aquino, wie Teilhard de Chardin es ist. Teilhard de Chardin hat gesagt, daß sich der Mensch unentwegt zu einer universalen Geistigkeit hin entwickelt. Das einzige, das er nicht zu wissen schien, war, daß den nächsten Schritt vorwärts Polen tun würde.«

»*Pamietasz Capri i nasze spotkanie?*« Der Admiral und Halina, die in der Hauptbar tanzten, schienen sich beide keine Gedanken über universale Geistigkeit oder den neuen Thomas von Aquino zu machen.

»Die richtigen Leute, die Ihnen etwas davon sagen könnten, sind natürlich die Mönche in Klock. Ich könnte morgen, wenn Sie wollen, mit Ihnen dorthin fahren: morgen ist Samstag, und ich bin sicher, die Zeitung gibt mir den Vormittag frei und leiht mir einen Wagen. Wir müßten aber ungefähr um zehn von hier abfahren. Doch ich glaube, Sie würden es lohnend finden. Außerdem werden die Mönche Ihnen Genaueres über das Abkommen zwischen Gomulka und Kardinal Wyszynski sagen können.«

Nicht darum war Hilliard dazu bereit; er war dazu bereit, weil er einen Tag allein in einem Auto mit Fräulein Zamoyska verbringen wollte. »*Pamietasz Capri i nasze spotkanie?*« Obwohl Hilliards sämtliche sechs Hosenträgerklips aufgesprungen waren, ehe sie sich einmal in der Bar im Kreise gedreht hatten, hatte der Wodka seinen Bauch so anschwellen lassen, daß seine Hose so fest saß, wie wenn er einen Gürtel trüge. »Erinnerst du dich noch an das letzte Mal, da wir in Capri waren?« Karminski mochte glauben, wenn es ihm Spaß machte, Hilliard sei Lachs und Walfisch zugleich – Hilliard war bereit, die soldatische Erscheinung zu sein, die Fräulein Zamoyska in ihm sah. »*Pamietasz Capri i nasze spotkanie?*« Noch ehe sie zu ihrem Tisch zurückgingen, nannte er sie Wanda.

ZWÖLFTES KAPITEL

ABER SOBALD WANDA IHN VERLASSEN HATTE, verging Hilliards Mut, und er begann von neuem zu zittern. Wie konnte er sicher sein, daß Karminski nicht einen Spion unter die Eisenbahner oder Streichholzschachtelsammler, die zum Friedhof pilgerten, geschmuggelt hatte, und daß er nicht bereits über Hilliards Begegnung mit Sardine informiert war? Trotz seiner soldatischen Erscheinung wußte Hilliard, er war nur ein Intellektueller ohne genügend Jod im Blut. Karminski brauchte ihm nur die Werkzeuge seines Gewerbes zu zeigen, und Hilliard würde vollkommen zusammenbrechen und alles verraten, was er konnte.

Da er fürchtete, verfolgt zu werden, wenn er einen Spaziergang machte, blieb er, bis es Zeit zum Abendessen war, in seinem Zimmer. Auf dem Weg ins Restaurant hinunter hob er das rosa Schildchen eines Streichholzschachtelsammlers auf, das im Korridor lag, steckte es in seine Tasche und beschloß, es am Aufschlag seiner Jacke zu tragen, wenn er ins Manekin ging. Wenn durch irgendeinen Zufall sein und Halinas Tausch von Banknoten beobachtet würde, war es besser, daß man ihn für einen anonymen Delegierten der Tagung hielt, als für den durch nichts gekennzeichneten Autor eines polnischen Bestsellers.

Er kam pünktlich um elf Uhr ins Manekin. Halina saß allein an einem kleinen Tisch. Nachdem er sich vergewissert hatte, daß weder der Admiral noch MacOgg sich in dem Tabaksqualm versteckt hielten, ging er zu ihr und sagte die drei einzigen polnischen Worte, die er kannte: »*Tualeta – Meski Damski.*« Vorausgesetzt, daß die beiden Toiletten frei waren, schien der Waschraum der sicherste Ort für ihren Handel zu sein.

»*Wisniowka*«, sagte Halina, und Hilliard blieb nichts anderes übrig, als sich neben sie zu setzen.

Aber selbst als sie ihren Cherry Brandy ausgetrunken hatte, schien es Halina nicht eilig zu haben, zur Sache zu kommen, und um sie an den Zweck ihres Treffens zu erinnern, wiederholte Hilliard das »*Tualeta – Meski Damski.*« In diesem Augenblick gingen alle Lichter in dem Café aus. Ein lauter Tumult erhob sich, und ein Bündel Banknoten wurde über den Tisch in Hilliards Hände geschoben. Hilliard hatte nicht gewollt, daß die Transaktion so vonstatten ging, aber wenn Halina bereit war, ihm zu trauen, mußte auch er ihr trauen. Er leerte seine Taschen und seine Brieftasche so schnell er konnte und legte seine Zlotys unter dem Tisch in Halinas Schoß. Er war gerade damit fertig, als die Lichter wieder angingen und jemand rauh von hinten seine Arme packte. Ein Polizist ergriff die Pfund- und Dollarnoten, die noch auf dem Tisch lagen, und zwei weitere schleppten Hilliard die Treppe hinauf und stießen ihn in ein draußen wartendes Auto.

DREIZEHNTES KAPITEL

EIN PAAR MINUTEN SPÄTER HIELT DER WAGEN vor einer Tür, über der in Leuchtbuchstaben stand: *Miejska Komenda Milicji Obywatelskiej*. Nachdem Hilliard eine Weile mit einem Polizisten in einem trostlosen Raum gewartet hatte, wurde er hastig in ein Büro geführt, in dem Karminski an einem Schreibtisch saß; zwei Stapel Banknoten lagen vor ihm. Der Polizist ging hinaus und ließ die beiden allein.

»Tausend Dollars und etwa hundertzwanzig Pfund, das bei sich zu haben, ist für einen Professor der Philosophie viel Geld, Professor Hilliard. Vielleicht würden Sie so freundlich sein und mir die Devisenerklärung zeigen, die bei Ihrer Ankunft auf dem Flughafen Okecie abgestempelt worden ist.«

Während Karminski das Dokument studierte, rechnete Hilliard schnell im Kopf: tausend Dollars sind bei siebzig Zlotys für den Dollar siebzigtausend Zlotys. Hundertzwanzig Pfund bei zweihundert Zlotys für das Pfund ungefähr zwanzigtausend Zlotys. Was an der Gesamtsumme fehlte, war so unbedeutend, daß es nur ein Rechenfehler sein konnte. Er mußte darum verhindern, daß Halina in die Sache hineingezogen wurde, denn es war bestimmt nicht ihre Schuld, daß Karminski so schlau gewesen war, Hilliard bis ins Manekin verfolgen zu lassen, ohne daß dieser es bemerkt hatte. Zu sagen, das Geld sei ihr Honorar, würde lächerlich sein: selbst alte Männer, die schon mit einem Fuß im Grabe standen, brauchten nicht eine so hohe Summe für ihr Vergnügen zu bezahlen. Der einzige Ausweg schien eine Ausschmückung der Lüge zu sein, die er Witkowski aufgetischt hatte. Er konnte sagen, daß die Dollars und Pfunde eine Anzahlung auf einen Pelzmantel für Charlotte seien, den für ihn zu kaufen er Halina, die etwas davon verstehe, gebeten habe. Pelzmäntel waren bekanntlich sehr teuer, und es war darum durchaus plausibel, daß er für einen Pelzmantel sein ganzes Zloty-Honorar und ebenso das, was er an ausländischen Devisen besaß, hatte ausgeben müssen. Daß er sie in der Devisenerklärung nicht angegeben hatte, konnte er der Angst davor zuschreiben, die Aufmerksamkeit des britischen Zolls auf seine illegale Ausfuhr von Dollars und eines hohen Betrages in Pfunden zu lenken. Aber dann wurde ihm klar, daß diese Geschichte nicht hieb- und stichfest war und leicht als Lüge entlarvt werden konnte. Nichts hatte ihn gezwungen, die Summe in seiner Devisenerklärung anzugeben, bevor er London verließ, und Halina, die bestimmt ebenfalls verhört werden würde, wäre unvorbereitet und könnte seine Lüge nicht bestätigen.

»Wie ich erwartet hatte, steht davon nicht ein Jota darin. Die einzigen hier verzeichneten Beträge sind hundert Pfund in Travellerschecks und neun Pfund siebzehn Shilling zehn Pence in Münzen. Warum?«

»Ich muß das wohl vergessen haben.«

»Ich glaube nicht, daß Sie es vergessen haben. Ich glaube, Sie erinnern sich genau daran.« Karminski starrte eine lange Weile stumm auf Hilliards Mantelaufschlag. »Warum haben Sie sich nicht auch als Streichholzschachtelsammler getarnt, als Sie den Admiral am Grabe der acht Märtyrermädchen heute morgen auf dem Powazki Militärfriedhof trafen?«

»Ich bin nicht auf den Friedhof gegangen, um den Admiral zu treffen. Ich bin dorthin gegangen, um mir die Kriegsgräber anzusehen. Daß ich dem Admiral vor dem Grab der acht Märtyrermädchen begegnete, war ganz zufällig.« Hilliard überlegte, welchen Trost er darin finden konnte, daß Karminski ihn eines viel ernsteren Vergehens hätte beschuldigen können. Karminski hatte zwar seinen Spion auf dem Friedhof gehabt, aber getarnt als Streichholzschachtelsammler und nicht als Eisenbahner, sonst wäre Hilliard beschuldigt worden, dort Sardine getroffen zu haben.

»Warum lügen Sie mich weiter an, Professor Hilliard? Der Grund, warum Sie heute morgen auf den Powazki Militärfriedhof gingen, war nicht, daß Sie Kriegsgräber besuchen wollten, sondern um den Admiral über die Fragen ins Bild zu setzen, die ich Ihnen hinsichtlich seines Besuchs in der Aleja Roz Nr. 5 in Begleitung des chinesischen Botschafters gestellt habe.«

»Warum hätte ich einen solchen Umweg wählen sollen, wenn ich den Admiral von etwas in Kenntnis setzen wollte? Warum konnte ich ihn dann nicht anrufen oder ihn in seinem Zimmer aufsuchen?«

»Weil Sie aus bitterer Erfahrung wußten, daß ich viele Freunde in Ihrem Hotel habe, die mir sofort davon berichtet hätten. Aber Sie wußten, daß die Streichholzschachtelsammler heute morgen den Powazki Militärfriedhof besichtigen wollten, und da hatten Sie den guten Einfall, ihn dort unter den Trauerweiden zu treffen.«

Stellte Karminski all diese Fragen über den Admiral, um dann dem Vergehen gegen die Devisenbestimmungen ein größeres Gewicht geben zu können, nachdem er Hilliard dazu verleitet hatte, zu glauben, er habe das ganz vergessen? Dies, wußte Hilliard, war die Methode der Sowjets auf internationalen Konferenzen. Doch vom ersten Augenblick ihrer Begegnung an hatte Karminski kein Hehl aus seinem Mißtrauen gegen den Admiral gemacht. Hatte der Admiral mit dem chinesischen Botschafter den Empfang ohne jede verschwörerische Absicht verlassen, wie Hilliard es geglaubt hatte? Konnte Kaviar versuchen, sich die chinesische Abweichung zunutze zu machen, so wie er offensichtlich versucht hatte, sich die Unzufriedenheit der Polen mit der Kirche zunutze zu machen? Hatte Karminski hinsichtlich des Admirals ebenso recht gehabt, wie er Hilliard gegenüber unrecht hatte? War der Admiral der ›Lachs‹ genannte Agent, von dem Sardine gewollt hatte, daß Kaviar ihn mit einer Kamera die sowjetischen Abschußbasen für interkontinentale Raketen überfliegen ließ?

»Ich habe festgestellt, daß, als Sie und der Admiral zu dem Empfang in der englischen Botschaft kamen, der eine von Ihnen einen Wäschebeutel bei sich hatte, aber nicht Sie trugen ihn, wie Sie es mir zu verstehen gegeben haben. Im Gegenteil, der Admiral trug ihn selber.«

»Zuerst habe ich ihn getragen. Der Admiral nahm ihn mir erst am Eingang der Botschaft ab, damit ich leichter das Geld für die Bezahlung des Taxis aus meiner Tasche fischen konnte.«

»Wir wollen nicht Haarspaltereien treiben. Als Sie vom englischen Botschafter wie lange verlorene Brüder begrüßt wurden, hat der Admiral den Wäschebeutel dem Mann in der Kleiderablage gereicht. So weit, so gut. Aber ich habe ebenfalls festgestellt, daß weder der Admiral noch Sie, als Sie gingen, von dem Mann in der Kleiderablage den Beutel zurückverlangt haben. Warum? Ich schließe daraus, daß Sie es darum nicht getan haben, weil der Wäschebeutel gar keine Hemden, sondern top-secret-Instruktionen an Seine Exzellenz von M. I. 5 enthielt.«

»Was Sie sich alles auszudenken vermögen!« Aber Karminskis Vermutung war kaum absurder als die Wahrheit: daß nämlich der Admiral und er zu einem offiziellen Empfang in der englischen Botschaft mit einem Wäschebeutel gegangen waren, der mit den schmutzigen Hemden eines Schotten gefüllt war.

»Das ist mein Beruf, Professor Hilliard, mir auszudenken, was die Feinde des sozialen Fortschritts gegen uns ausgebrütet haben.«

Es brannte nur eine Lampe in dem Raum, die Leselampe auf dem Schreibtisch, die einen grünen Schirm von der Form einer Skimütze hatte, und das Halbdunkel um Karminskis Kopf ließ seine dünnen Lippen wie einen Riß in Gips erscheinen. »Warum sollte sich der Admiral die Mühe gemacht haben, General de Gaulle in Paris einen Besuch abzustatten, ehe er nach Warschau flog, um an der Tagung der Streichholzschachtelsammler teilzunehmen? Die Antwort, die ich darauf finde, ist: daß er ein zusätzliches Geheimnis in Erfahrung hat bringen wollen, um besser in der Lage zu sein, den chinesischen Botschafter davon zu überzeugen, daß der Westen und nicht der Osten den nächsten Krieg gewinnen wird.«

»Sie sind sehr gut informiert, wie ich sehe.«

»Vielleicht sogar noch besser, als Sie glauben. Nachdem Sie heute morgen mit dem Admiral auf dem Powazki Militärfriedhof gesprochen haben, haben Sie mit der Reporterin von der *Polska Prawda* im Restaurant des Hotels Leningrad zu Mittag gegessen. Warum verlangte es Sie, da sie Sie bereits am Abend Ihrer Ankunft in Warschau für ihre Zeitung interviewt hatte, sie ein zweites Mal zu sehen?«

»Weil mir ihre Gesellschaft nun einmal gefällt. Sie ist jung und hübsch und intelligent – eine angenehme Abwechslung, wenn man wie ich sich zu Hause ständig mit bärtigen alten Frauenzimmern abgeben muß.«

»Mit anderen Worten, ich soll Ihnen jetzt glauben, Sie seien ein heiterer Lothario. Sie sind nicht nur ein schlechter Lügner, Professor Hilliard, sondern Sie sind auch sehr ungeschickt. Berühmte Philosophen, die von Journalisten interviewt werden, geben den Journalisten Informationen damit sie sie aufschreiben. Sie nehmen aber keine Informationen an, die die Journalisten für die berühmten Philosophen aufgeschrieben haben.«

So hatte er also doch recht gehabt: Karminski hatte sie an jenem ersten Abend im Restaurant beobachten lassen. Hilliards einziger Fehler war gewesen, daß er geglaubt hatte, MacOgg sei der Spion.

»Die Information, die Ihr Spitzel Fräulein Zamoyska für mich hat aufschreiben sehen, war eine Liste der polnischen Monatsnamen. Und da sie mir damit für das Interview danken wollte, mochte ich sie nicht dadurch kränken, daß ich ihr sagte, Sie hätten mir die Namen bereits im Flugzeug aufgeschrieben.«
Erst als er die Liste aus seiner Brieftasche genommen und sie Karminski gereicht hatte, fiel Hilliard ein, daß er auf der Rückseite Berechnungen gemacht hatte. Wenn Karminski sie bemerken würde, würde er nicht nur wissen, daß Hilliards Schwarzmarkthandel mit Halina wohlüberlegt war, sondern er würde vielleicht auch daraus schließen, daß Wanda daran beteiligt war. Hilliard konnte nur die Augen schließen und mit seinem Willen zu erzwingen versuchen, daß Karminski ihm das Stück Papier zurückgab, ohne es umzudrehen, um zu sehen, ob etwas auf der Rückseite geschrieben stand. Aber seine Telepathie versagte genauso wie die Wandas bei dem Badewannenstöpsel.
»Die drei Summen hier, Professor Hilliard – was bedeuten sie?«
»Ich habe versucht, auszurechnen, wieviel Provision ich meinen literarischen Agenten schuldete und wieviel dann für mich selbst übrig bliebe. Neunzehn Prozent muß ich den Quälgeistern zahlen, dazu noch in Sterling, und das ist das Schlimmste.«
»Warum sind dann die Prozente hier nicht ausgerechnet? Und warum ist die größere statt der kleineren Summe von den fünfundneunzigtausend Zlotys abgezogen? Und warum haben Sie bei der ersten Berechnung mit zweihundert statt mit siebenundsechzig multipliziert und bei der dritten durch zweihundert statt durch siebenundsechzig dividiert, was der Kurs ist, den die *Narodowy Bank Polski* Ihnen zahlen würde, wenn man Ihnen gestattete, Ihre Zloty-Tantiemen in Sterling nach England mitzuneh-

men? Und warum entsprechen die fünfundneunzigtausend Zlotys in der zweiten Berechnung, von denen Sie die Summe der zweiten abgezogen haben, ungefähr dem Schwarzmarktkurs dieser Pfunde und Dollars, die ich vor mir auf dem Schreibtisch liegen habe? Für mich ist die Antwort sonnenklar. Der Multiplikand in der ersten Berechnung stellte die Gehaltszahlung in Sterling plus Prämie dar, die Ihre gütige Majestät, die gute Königin Bess II., ihrem getreuen Geheimagenten Sardine schuldet. Der Quotient von einhundertsechsundsiebzig Pfund elf Shilling in der dritten Berechnung stellt den Schwarzmarkt-Sterling-Wert der noch verbliebenen Zlotys dar, den Sie von dem Seit-Oktober-Mädchen für Ihre Pfunde und Dollars bekommen hätten, wenn unsere treuen polnischen Polizisten nicht zur Zeit erschienen wären, um den Handel zu verhindern. Dieser zweiten Zlotysumme hätten Sie zweifellos noch einen Teil Ihrer Zloty-Honorare hinzugefügt, um den Schwarzmarktkurs einer weiteren Gehalts- und Prämienzahlung an Sardine zusammenzubekommen. Und der Grund, warum Sie diese Pfunde und Dollars nicht in Ihre Devisenerklärung eingetragen haben, war, daß Sie die Aufmerksamkeit des polnischen Zolls nicht auf Geldimporte lenken wollten, die zu groß waren, um in zehn Tagen ausgegeben werden zu können, von denen aber nichts mehr in Ihrem Besitz sein würde, wenn Sie das Land wieder verließen.«

Hilliard begann zu bedauern, daß Halina so ehrlich gewesen war. Wenn sie ihn um hundert Pfund betrogen hätte, hätte er die seelenruhig ihren Anteil an der Schuld tragen lassen können. Er hätte Karminski bitten können, sich von Witkowski bestätigen zu lassen, daß die Honorare, die er Hilliard gestern bezahlt hatte, fünfundneunzigtausend Zlotys betrugen. Das Umwechseln von Zlotys in Schwarzmarkt-Dollars- und -Pfunde, um Catacomb und Priddle ihre Provision zu bezahlen, konnte vielleicht als ein feindlicher Akt gegen die ausländischen Devisenreserven der *Narodowy Bank Polski* gedeutet werden, aber das Vergehen wäre eine kleine Sünde, verglichen mit dem Verbrechen, dessen man ihn jetzt bezichtigte.

»Und spricht es nicht Bände, daß diese Berechnungen auf der Rückseite der Liste der polnischen Monate, die Sardine selber für Sie in ihrer sauberen Handschrift aufgeschrieben hat, vorgenommen worden sind?«

Hilliard war so entsetzt über die Bedeutung dieser neuen Anschuldigung, daß es ihm ein paar Augenblicke die Sprache verschlug. »Dann ist also Fräulein Zamoyska jetzt Sardine? Lieber Gott, Herr Karminski, wenn Sie solchen Unsinn glauben, dann glauben Sie alles.«

»Es ist kein Unsinn, was Sie, meine ich, als erster wissen müßten. Eine Reporterin, die im Redaktionsstab einer polnischen Zeitung arbeitet – das ist genau das, was der Doktor als Tarnung für einen britischen Geheimagenten, der in Polen arbeitet, verordnet hat. Und wie leicht macht es das für Sie, ein Interview über das westliche In-den-Tod-Schlittern zu geben und zu versuchen, mich dadurch zu täuschen, daß Sie so tun, als ob Sie ein Fellowtraveller auf der Suche nach einer Stellung seien.«

»Falsche Prämissen, falsche Mittelglieder – hat Sie je einer über die elementaren Prinzipien der Logik belehrt? Fräulein Zamoyska ist ebensowenig Sardine, wie es Gomulka ist.«

»Wenn Sie selber nicht Walfisch sind, wie können Sie dann wissen, wer nicht Sardine ist?«

»Indem ich meinen gesunden Menschenverstand benutze. Fräulein Zamoyska ist noch fast ein Schulmädchen. Sie ist viel zu jung, um in ein Komplott verwickelt zu sein.«

»Es ist erstaunlich, in was Schulmädchen heutzutage verwickelt sein können – in viel zuviel jedenfalls, als daß ich wagen könnte, Ihnen anzubieten, für uns zu arbeiten. Das

müssen Sie sich jetzt aus dem Kopf schlagen. Trotzdem bin ich immer noch bereit, einen Handel mit Ihnen abzuschließen. Geben Sie zu, daß Fräulein Zamoyska Sardine ist, und ich werde Sie in Ruhe lassen. Ich werde Ihnen dann auch keine weiteren Fragen über den Admiral stellen und werde Ihnen ermöglichen, mit reiner Weste nach England zurückzukehren. Niemand wird je von mir erfahren, daß Sie ein Mitglied Ihres Spionagenetzes verraten haben. Wenn Sie nach England zurückkehren, brauchen Sie Ihrem großen weißen Häuptling nur zu sagen, daß Sie mit Sardine keinen Kontakt hätten aufnehmen können, weil sie verhaftet worden sei – was bis dahin geschehen sein wird. Und damit Ihr großer weißer Häuptling Ihnen auch glaubt, werde ich Ihnen diese Dollars und Pfunde, die Sie mitgebracht haben, um ihr ihr Gehalt zu zahlen, zurückgeben. Gestehen Sie, Professor Hilliard: ist Fräulein Zamoyska Sardine, oder ist sie es nicht.«
Es war für Hilliard eine große Versuchung. Wenn er jetzt auspackte, konnte er Wanda und sich retten. Wanda bedeutete ihm mehr als ein kleiner Mann mit sandfarbenem Haar, den er nur zweimal getroffen und der ihm nicht allzu sympathisch war. Würde er dem dysteleologischen Irrationalen nicht weniger entsprechend handeln, wenn er Sardine denunzierte, der schuldig war, als wenn er zuließ, daß Wanda, die unschuldig war, weiter verdächtigt wurde? Die Antwort, er konnte ihr nicht entrinnen, war, daß es dem dysteleologischen Irrationalen mehr entspräche, wenn er Sardine denunzierte, weil er dann seine Haut ebenso rettete wie die Wandas. Fast mit Erleichterung wurde ihm darum klar, daß er Sardine nicht denunzieren konnte, selbst wenn er es wollte, weil er weder Sardines wirklichen Namen noch seine Adresse wußte, und Karminski würde nie glauben, daß man Hilliard nicht wenigstens das eine oder das andere gesagt hatte.
»Und ganz abgesehen davon, daß Sie sich dann Ihrer per-

sönlichen Sicherheit wegen nicht mehr zu beunruhigen brauchten, Professor Hilliard, könnten Sie uns Zeit und Ärger ersparen, wenn Sie mir jetzt sagten, was ich, so sicher wie einmal eins eins ist, selber herausbekommen werde, bevor noch viel mehr Wasser unter der Brücke hindurchgeflossen ist.«

»Die Brücke wird nicht mehr stehen, wenn Sie herausgefunden haben, daß Fräulein Zamoyska Sardine ist.«

»Nun gut, Professor Hilliard. Da Sie sich weigern, mit mir zusammenzuarbeiten, werden Sie die Folgen tragen müssen.« Karminski drückte auf einen Klingelknopf auf dem Schreibtisch, und zwei der Polizisten, die Hilliard festgenommen hatten, kamen herein. »Diese Herren werden Sie jetzt in Ihr Hotel zurückbringen. Es hat natürlich keinen Zweck, wenn Sie versuchen, Polen ohne meine Zustimmung zu verlassen. Bis auf weiteres werde ich diese Pfunde und Dollars und die sich auf sie beziehenden Berechnungen behalten. Sie werden mein offizieller Grund sein, Sie in eins unserer Gefängnisse zu stecken, sollte Ihre Widerspenstigkeit mich zu einer solchen Maßnahme zwingen. Gute Nacht, Professor Hilliard. Schlafen Sie süß!«

VIERZEHNTES KAPITEL

ALS HILLIARD AM NÄCHSTEN MORGEN AUS dem Bett stieg, war er entschlossen, den unangenehmen Entschluß auszuführen, den er am Abend zuvor in der Bar gefaßt hatte: um Wandas Willen allein mußte die Fahrt nach Klock unterbleiben. Obwohl Karminski mit seinem abwechselnden Schmeicheln und Drohen gezeigt hatte, daß er nicht so sicher war, wie er es zu sein vorgab, daß Wanda Sardine war, könnte sein Verdacht zur Überzeugung werden, wenn Wanda weiter in der Gesellschaft eines Mannes gesehen würde, von dem er fest glaubte, daß es Walfisch sei. Hilliard würde dennoch seinen wahren Grund nicht verraten: er hatte ihr schon genug angetan und wollte sie nicht obendrein noch ängstigen. Er würde sagen, Witkowski habe im letzten Augenblick eine Verabredung für ihn getroffen, der er sich nicht entziehen könne. Das übrige lag, wie Karminski wahrscheinlich sagen würde, bei den Göttern.

Bedacht darauf, daß das Bild, das Wanda von ihm behielt, schmeichelhaft war, rasierte Hilliard sich besonders sorgfältig. Und obwohl Wandas Gedankensenden ihm noch nicht zu einem Badewannenstöpsel verholfen hatte, gelang es ihm dadurch, daß er das Loch mit seinem Waschlappen verstopfte, das Wasser lange genug in der Wanne zu halten, um seinen ganzen Körper waschen zu können.

Pünktlich um zehn Uhr trat Wanda durch die Drehtür in die Halle. Kaum hatte sie Hilliard erblickt, da verklärte sich ihr Gesicht. Als er sie im offenen Mantel, der wie ein Rock um sie flatterte, auf sich zugeeilt kommen sah, wurde Hilliard bewußt, wie sehr er sie liebte. Die Fahrt nach Klock mit ihr aufzugeben, würde schwerer sein, als er sich vorgestellt hatte, aber um Wandas willen zumindest mußte das Opfer gebracht werden.

»Aus unserer Fahrt wird leider nichts.« Hilliard blickte ihr so fest in die Augen, wie er es wagte. »Gestern abend hat mein Verleger, dieser Quälgeist, angerufen, um zu sagen, er habe so etwas wie einen offiziellen Empfang beim Warschauer Pen-Klub für heute vormittag für mich arrangiert, und ich kann ihn nicht gut im Stich lassen. Ich hätte Ihnen die Mühe erspart, umsonst herzukommen, wenn ich Ihre Telefonnummer gewußt hätte. Es stehen so viele Zamoyskas im Telefonbuch, daß ich nicht wußte, welche welche war.«
»Heute morgen spricht der französische Romanschriftsteller Petitpiquier vor dem Warschauer Pen-Klub. Ich weiß das daher, weil ich hingeschickt worden wäre, um über den Vortrag zu berichten, wenn man mir nicht erlaubt hätte, mit Ihnen nach Klock zu fahren. Aber selbst wenn es Sie langweilt, mit mir dorthin zu fahren, werden Sie mir vielleicht erlauben, statt dessen mit Ihnen eine Tasse Kaffee in der Kawiarnia zu trinken.« Kein Vorwurf spiegelte sich in ihren traurigen Augen.
»Selbstverständlich. Selbstverständlich.«
Sie eilte schon durch den Flur, ehe Hilliard versuchen konnte, seine ungeschickte Lüge zu erklären, zog ihren Mantel aus, und wieder einmal kam eine seltsam zusammengewürfelte Aufmachung zum Vorschein: grauer Flanellrock, weiße Wollstrümpfe, ein hellblauer Pullover und eine rosa Strickjacke. Ihr gestrickter grüner Hut sah wie eine Fruchtschale aus Zinn aus, und als Hilliard sich ihr an dem kleinen Tisch gegenübersetzte, den sie ausgesucht hatte, glänzten ihre Wimpern von Tränen.
»Ich weiß, es ist dumm von mir, aber ich kann nicht dagegen an.« Sie zog ein rotes Taschentuch von der Größe einer kleinen Fahne heraus und putzte sich die Nase so laut, daß alle Streichholzschachtelsammler in ihrer Nähe sich zu ihnen umdrehten und sie anstarrten. »Sie ahnen ja gar nicht, wie sehr ich mich auf unseren gemeinsamen

Tag auf dem Lande gefreut habe. Es sollte so etwas wie das Absolute für mich sein. Doch ich kann natürlich verstehen, daß ein kluger Mann wie Sie seine Zeit nicht mit einem hohlköpfigen Mädchen wie mir vergeuden will.«

»Da sind Sie aber ganz auf dem Holzweg.« Hilliard betrachtete voll Rührung das traurige kleine Gesicht und die Cedille ihres Haars, die wie eine Schnecke unter dem Rand ihres Hutes hervorlugte. »Ich glaube nur, es wäre nicht sehr weise gewesen.«

»Sie meinen, Sie fürchteten, Sie hätten versucht sein können, mich zu küssen?« Die Falten, die an ihren Mundwinkeln erschienen, ließen Hilliard erkennen, daß er eine Ausrede für das Aufgeben der Fahrt gefunden hatte, die sie nicht kränkte.

»So ist es.« Und als er auf Deutsch für sie beide Kaffee bestellt hatte, fuhr er fort: »Ich bin ein Teufel für die Frauen, es gibt kein anderes Wort dafür. Und mit einem hübschen Mädchen wie Ihnen einen Ausflug zu machen, könnte mich vielleicht auf dumme Gedanken bringen.«

»Wenn ich Sie wäre, würde ich mir darum nicht zu viele Sorgen machen. Schließlich haben auch einige der heiligsten Heiligen selbst in religiöser Ekstase Bilder fleischlicher Lust nicht aus ihrem Inneren vertreiben können – sie haben Gott gebeten, das Mark ihrer Seele mit dem köstlichen und Gesundheit spendenden Pfeil seiner Liebe zu durchbohren, und derlei.«

»Das ist es eben. Ich bin kein Heiliger, und die Bilder fleischlicher Lust könnten mir gefährlich werden.«

»In Klock würden zu viele Mönche sein, als daß Sie den verlockenden Bildern nachgeben könnten, und außer in Städten und Dörfern, wo ich das Tempo verlangsamen müßte, würde ich mehr als hundert Meilen in der Stunde fahren, und da vergehen einem solche Bilder. Ich finde es sehr edel von Ihnen, daß Sie Ihre Seelentiefen so offenbaren, aber darum brauchen Sie nicht zu verzweifeln. Meister Eckhart sagt, nur dadurch, daß wir die Schlange der eigenen Verderbnis beobachten, wie sie sich aus uns herauswindet, können wir hoffen, die Vollkommenheit zu erlangen.«

»Ich fürchte, die ganze Schlange ist noch nicht heraus.« Es half nichts, merkte Hilliard: er würde Wanda zumindest einen Teil der Wahrheit sagen müssen.

»Selbst wenn Sie an Orgien teilgenommen haben, besteht immer noch kein Grund für Sie, zu verzweifeln. Verzweiflung ist eine viel schlimmere Sünde als Orgien. Der heilige Augustin hat sich an Orgien beteiligt und ist als Bischof geendet.«

»Es geht nicht um etwas, was ich getan habe. Es geht um etwas, dessen man mich verdächtigt, getan zu haben oder vielmehr zu tun.«

Nachdem er sich vergewissert hatte, daß keiner der Streichholzschachtelsammler in ihrer Nähe sie zu belauschen schien, berichtete Hilliard Wanda von dem Irrtum mit dem Koffer und dem Mantel, der Karminski auf den Gedanken gebracht hatte, Hilliard sei ein englischer Agent namens Walfisch.

»Ach, wie aufregend! Ich habe mir immer gewünscht, einmal einem Spion zu begegnen.« Wandas Stimme hallte über die Reihen von Schinken und Eiern und Maiskolben noch lauter hinweg als ihr Naseputzen. »Denn Sie sind natürlich Walfisch, nicht wahr? Selbstverständlich können Sie weiter sagen, Sie seien es nicht, wenn Sie es sind: die Kirche erlaubt einem, zur Verteidigung des eigenen Landes zu lügen.«

»Um Gottes willen, Kind! Wollen Sie, daß wir beide verhaftet werden?« Aber die Streichholzschachtelsammler, die offenbar kein Französisch konnten, hatten sich bereits wieder dem Kauen zugewandt.

»Gut, dann werde ich flüstern.« Sie beugte ihr pausbäckiges Gesicht über den Tisch und wisperte mit heiserer

Stimme: »Das Beste, was Sie tun können, ist doch gewiß, mit lauter Stimme herauszubrüllen, daß Sie Walfisch sind, denn dann wird jeder glauben, Sie seien es nicht.«

»Leider scheint diese besondere List in letzter Zeit allzuoft angewendet worden zu sein, und wie sehr es Sie auch enttäuscht, ich bin nicht Walfisch – wirklich und wahrhaftig, ich bin es nicht. Aber weil Karminski glaubt, ich sei es, ist es für Sie gefährlich, in meiner Gesellschaft gesehen zu werden, und das ist der wahre Grund, warum ich auf unsere Fahrt nach Klock verzichten will.«

»Wenn Sie keine Angst haben, habe ich auch keine.« Sie dachte so angestrengt nach, daß ihr ganzes Gesicht sich in Falten legte: die heilige Katharina von Siena war von *Tugboat Annie* verdrängt worden.

»Können Sie nicht verstehen? Wenn ich mit Ihnen nach Klock fahre, wird Karminski nicht nur mich für einen Spion halten, sondern ebenso Sie.«

»Das ist mir gleich. Ich bin kein Spion. Und was Karminski glaubt, kann mich nicht zu einem machen.«

»Da irren Sie sich eben. Bei Karminski ist Glauben Wissen. Karminski glaubt, ich sei Walfisch, darum weiß Karminski, daß ich Walfisch bin. Er weiß sogar so genau, daß ich Walfisch bin, daß er mir gesagt hat, es habe keinen Zweck, wenn ich versuchte, Polen ohne seine Zustimmung zu verlassen. Er hat bestimmt den Leuten auf dem Flughafen Anweisungen gegeben und wahrscheinlich auch allen Grenzposten.«

»Dann sollten wir erst recht nach Klock fahren. Die Mönche sind Spezialisten darin, Menschen aus einer solchen Patsche herauszuholen. Sie haben im Kriege Massen von Juden vor Auschwitz und Treblinka bewahrt. Sie werden sich auch für Sie etwas ausdenken können, dessen bin ich sicher.«

Hilliard war jetzt klar, daß er ihr einen wirklichen Schrekken einjagen mußte.

»Dann bitten wir sie besser, auch Ihnen zu helfen. Ich wollte es Ihnen nicht sagen, aber nun haben Sie mich dazu gezwungen. Karminski verdächtigt auch Sie bereits, und wenn ich mit Ihnen nach Klock fahre, wird dieser Verdacht zu einer jener gefährlichen Gewißheiten werden, von denen ich schon gesprochen habe. Und das wäre alles andere als komisch.«

»Sie meinen, er glaubt, ich sei Fräulein Walfisch?« In ihrem Gesicht malte sich nicht nur keine Angst, sondern alle Sorge, die sich vorher darin gespiegelt hatte, war vom Lachen verscheucht worden. »Wenn er so blöde ist, was spielt es dann für eine Rolle, was er glaubt?«

»Eine große. Habe ich Ihnen noch nicht klar genug gesagt, daß bei Karminski Glauben Wissen ist? Sardine ist der Name des Agenten, der Sie sein sollen, und sie Sache wird dadurch wirklich ernst, daß Sardine, wer immer er oder sie sein mag, verdächtigt wird, Walfisch dabei zu unterstützen, in Polen religiöse Unzufriedenheit zu erregen. Darum dürfen wir uns um keinen Preis in einem Kloster zusammen zeigen.«

»Der Mann muß verrückt sein. Es ist die religiöse Zufriedenheit, die die Mönche zu verbreiten versuchen. Im Augenblick ist zwar der Vatikan gegen sie, aber schließlich werden sie wie die heilige Johanna und Galilei rehabilitiert werden, wenn die Kirche glaubt, es sich leisten zu können, zu verkünden, sie habe immer gewußt, daß sie im Recht waren.«

»Das wird Ihnen nicht viel helfen, wenn Karminski Sie ins Gefängnis steckt, weil Sie sie mit mir besucht haben.«

»Wenn Sie das tun – ich fürchte mich nicht, für meinen Glauben zu sterben.« *Tugboat Annie* war durch einen Regimentsoberwachtmeister der Gardebrigade und nicht des Besoldungskorps abgelöst worden.

»Es ist gut und schön, wenn Sie für Ihren Glauben sterben, aber wenn Ihnen die Fußnägel, ohne daß Sie sich haben etwas zuschulden kommen lassen, ausgerissen werden, dann sieht es ganz anders aus. Sie wären ein Verräter an Ihrer eigenen Sache, wenn Sie zuließen, daß das geschieht. Sie würden Polen einer Missionarin berauben. Es ist Ihre Pflicht als Patriotin, den Verdacht von sich abzulenken.«

»Nun, ich will Ihnen etwas sagen. Ich werde einen Gedanken an Karminski senden, damit er glaubt, daß ich nicht Sardine bin und Sie nicht Walfisch sind.« Im ersten Augenblick hielt Hilliard das für einen Scherz, aber als sie ihr Kinn auf die Fäuste legte und ihr Gesicht sich verzog, als ob sie ein Niesen unterdrückte, war er dessen nicht mehr so sicher.

»So, ich habe ihn gesendet. Wir können jetzt ganz unbesorgt sein.«

»Ich glaubte, damit die Telepathie richtig wirke, müsse der Sender der Botschaft den Empfänger kennen.«

»Hat meine Botschaft hinsichtlich Ihres fehlenden Badewannenstöpsels den Portier vielleicht nicht erreicht?« Wenn sie nicht scherzte, dann, weil er sie belogen hatte. ›Hüte dich vor Mitleid‹, glaubte Hilliard sich zu erinnern, war der Titel einer Erzählung von Stefan Zweig.

»Das läßt sich kaum vergleichen: Sie hatten mit dem Portier bereits wegen des in meinem Zimmer während des Rasierens läutenden Telefons gesprochen.«

»Da irren Sie sich. Ich habe den Gedanken hinsichtlich des Badewannenstöpsels hinuntergesendet, ehe ich wegen des läutenden Telefons anrief. Und außerdem kann man, wenn man mit jemandem telefoniert, nicht sagen, man kenne ihn. Freilich, daß meine Telepathie bei einer Person gewirkt hat, bedeutet nicht unbedingt, daß sie auch bei einer anderen wirkt, aber ich bin bereit, das Risiko auf mich zu nehmen, wenn auch Sie dazu bereit sind.«

Hilliard merkte, daß, wenn er weiter versuchte, es ihr auszureden, sie schließlich glauben würde, er habe kalte

Füße bekommen und wolle unter dem Vorwand seiner Besorgnis um sie seine Angst um seine eigene Person verbergen. Wer eine soldatische Erscheinung hat, von dem wird erwartet, daß er sich auch wie ein Soldat verhält. Und könnte ein offener Besuch mit Wanda in Klock nicht ganz andere Folgen haben als jene, die er gerade prophezeit hatte? Ein Mann, der eines Schotten schmutzige Hemden für top-secret-Instruktionen von M. I. 5 halten konnte, konnte vielleicht ebensoleicht eine Herausforderung als Beweis der Unschuld deuten. Die kauenden Streichholzschachtelsammler wirkten so beruhigend blöde, daß Hilliard sich fast vorstellen konnte, er werde am nächsten Tag wieder in diesem Raum frühstücken. Und die Sonnenflecke, die in Wandas Augen tanzten, sagten ihm, daß er ein Narr wäre, wenn er die Chance versäumte, einen ganzen Tag auf dem Lande mit einem so hübschen Mädchen ganz allein zu verbringen.

»Nun gut«, sagte er. »Wir werden es wagen.«

FÜNFZEHNTES KAPITEL

DER WAGEN, DEN DIE ›POLSKA PRAWDA‹ WANDA geliehen hatte, war ein polnischer Syrena. Hilliard saß vorn neben Wanda. In den Außenbezirken der Stadt sah er einen Reiher auf der Weichsel niedergehen, und die Schönheit des herabstoßenden silbernen Vogels versetzte ihn in eine so gehobene Stimmung, daß es ihm fast gelang, den Verdruß, den er mit Karminski hatte, zu vergessen.

Sobald sie ganz aus der Stadt heraus waren, fuhr Wanda schnell. Die schmale Straße war so schwarz und glänzend wie die Ölhaut eines Matrosen, und die einzigen Fahrzeuge, die man auf ihr sah, waren von Pferden, die die sanften Gesichter der Heiligen hatten, gezogene Karren. An einem Wegweiser, auf dem ›Kattowitz zweihundertsechsundachtzig‹ stand, hielt ein Verkehrspolizist sie an, aber selbst als er seine lange und gründliche Überprüfung beendet hatte, war auf der öden Straße hinter ihnen kein Auto zu sehen.

Endlich davon überzeugt, daß sie nicht verfolgt wurden, konnte er seine Aufmerksamkeit dem zuwenden, was um ihn vorging, und er bemerkte, daß das Gesicht eines fetten Priesters, der durch die von Menschen wimmelnde Straße einer Landstadt eilte, dem riesigen Käse glich, den er im Arm trug. Einmal kamen sie an einem Friedhof vorüber, auf dem rings um frische Gräber Kerzen brannten, die an Osterblumen denken ließen. Mehrmals sahen sie am Straßenrand an Bäumen festgebundene Kühe und zweimal einen Bauern mit einem Schwein an einer Kette, die an dem einen Hinterbein des Tieres befestigt war. Hilliard taten die Kühe und Schweine noch mehr leid als die vor kurzem Verstorbenen in ihren Gräbern, weil er wußte, daß die Leiden der Tiere den größeren Teil des dysteleologischen Irrationalen bildeten, und daß es noch keinem

Theologen gelungen war, eine befriedigende Erklärung für sie zu finden. Um ein Uhr kamen sie in einer Stadt an, die Drusk hieß und in der viele Bürohäuser standen, die ebenso deprimierend wirkten wie Mädchen in Blue jeans. Wanda fuhr geradenwegs zu einem muffigen Hotel. Sie und Hilliard waren die einzigen Gäste in dem unfreundlichen Speisesaal, und kaum daß er zwei Wodka getrunken hatte, wünschte sich Hilliard, er wäre zwanzig Jahre jünger und nicht an Charlottes Halbbildung und kunstseidene Schlüpfer gefesselt.

»Drehen Sie sich jetzt bitte nicht um.« Wanda beugte sich über den Tisch und sagte so heiser flüsternd wie im Leningrad: »Es kommt da gerade ein Mann herein, der wie ein Polizeibeamter aussieht, und er starrt uns an. Halten Sie meine Hand so fest wie Sie können, dann wird er vielleicht denken, wir seien nur ein Liebespaar.« Hilliards sinnliche Aufwallung verging sofort, und selbst die Wärme von Wandas weicher Hand vermochte sie nicht wieder zu entfachen. Wenn das Schlimmste geschehen und der Mann, der hereingekommen, Karminski war, dann würden sie ihn damit nicht von seiner Fährte ablenken, wenn sie so taten, als ob sie ein Liebespaar wären. »Liebster, du darfst nicht immer wieder sagen, daß du zu alt für mich bist. Mich interessieren kluge reife Männer und nicht unreife Jünglinge.« Die Worte wurden ihm wie die Flüche eines Ruderriegentrainers ins Ohr trompetet, und das Bühnengeflüster, das ihnen folgte, war kaum weniger vernehmbar: »Jetzt sag etwas Verliebtes zu mir, weißt du, so etwas, wie du es immer zu deiner Frau sagtest, als ihr verlobt wart.«

Was hatte er zu Charlotte in jenen so weit zurückliegenden Tagen gesagt, als ihr Körper noch ein Geheimnis für ihn gewesen war? Wahrscheinlich so etwas Dummes wie, daß ihre Augen Margeriten glichen. Aber von der Hauptsache war nicht die Rede gewesen.

»Vergiß nicht, mich Chérie zu nennen. Das ist ein französisches Wort, das selbst der blödeste Polizeibeamte versteht.«

»Chérie, ich liebe dich so sehr, daß ich für dich sterben würde.«

Charlottes Antwort auf ähnliche Worte war gewesen – erinnerte er sich –, sie liebe keine albernen jungen Männer.

»Und ich liebe dich so sehr, daß ich für dich vom Dach des Palac Kultury i nauki hinunterspringen würde! Falscher Alarm, glaube ich. Er setzt sich jetzt jedenfalls und starrt uns nicht mehr an. Aber vielleicht ist es besser, wir halten uns für alle Fälle weiter die Hände.«

Da Hilliards Angst vor Karminski nachließ, begann das Gefühl von Wandas warmem Fleisch, das seines berührte, seine klassische Wirkung zu haben. Als sie ihren Kaffee tranken, fiel es ihm schwer zu glauben, daß die Zärtlichkeit, die er in ihren Augen schimmern sah, nur gespielt war. Intellektuelle Mädchen verlieben sich schließlich oft in Männer, die viel älter sind als sie, und die Verheerungen, die die Gerontophilie anrichtete, waren auf der Universität nicht unbekannt. Hilliard kam erst wieder auf die Erde zurück, als Wanda mit einer raschen Bewegung ihm ihre Hand entzog und sagte, sie müßten sich sputen, wenn sie rechtzeitig zur Vesper im Kloster sein wollten.

Als er sich umwandte, um hinter ihr hinauszugehen, sah er den Eindringling zum erstenmal, der zu seiner Überraschung aufsprang und sich verneigte. Da er die Geste als polnische Höflichkeit deutete, verbeugte sich Hilliard ebenfalls. Da ließ ein Sonnenstrahl die Stahlzähne des Polizeibeamten auffunkeln, dessen Mantel er versehentlich in Ost-Berlin angezogen hatte. Hilliards erster Impuls war, keck auf ihn zuzugehen, und ihm die Hand zu schütteln. Aber dann sagte er sich, Scham sei das richtige Verhalten für einen Mann, den man dabei ertappt hatte, wie er mit einem jungen Mädchen, das dreißig Jahre jünger war als er, flirtete. Und er wandte die Augen ab und verließ schnell den Raum.

SECHZEHNTES KAPITEL

EIN GRAUER CITROËN HIELT HINTER DEM blauen Syrena vor dem Hotel. Karminski – wurde Hilliard klar – hatte gewiß von einem als Streichholzschachtelsammler verkleideten Spion sein und Wandas Gespräch in der Kawiarnia belauschen lassen. Der Spion hatte Karminski berichtet, sie seien auf dem Wege zum Kloster in Klock, und Karminski hatte ihnen den ihm befreundeten Polizeibeamten nachgeschickt. Aber Hilliard behielt sein Wissen für sich, bis sie Drusk längst hinter sich hatten, und da sich auf der Straße hinter ihnen noch immer kein Citroën zeigte, gelang es ihm, in fast ruhigem Ton zu sagen:

»Ihre ersten Vermutungen über den Mann stimmten. Er ist derjenige, dessen Mantel ich versehentlich in Ost-Berlin angezogen habe.«

»Ich merkte die ganze Zeit, daß etwas mit ihm nicht geheuer war, aber ich wußte, man konnte nicht gut von Ihnen erwarten, richtig mit mir zu flirten, wenn Sie Angst hatten, und darum habe ich das von dem falschen Alarm gesagt. Jedenfalls sieht es so aus, als ob unser Trick seinen Zweck erreicht habe, denn in meinen Rückspiegel ist nicht der kleinste graue Fleck zu sehen.«

Die Wärme dieser Finger und der Glanz in den strahlenden Augen waren also nichts weiter als Theater gewesen. Hilliard war darüber fast ebenso bedrückt, wie er es gewesen wäre, wenn sie ihm gesagt hätte, der Polizeibeamte brause in seinem Citroën hinter ihnen her.

»Vermutlich haben wir damit aber nur mich von allem Verdacht befreit. Daß Spione nicht mit Spioninnen flirten, bedeutet nicht, daß sie es nicht mit Mädchen tun, die keine Spioninnen sind. Wahrscheinlich hat Ihr Freund die Jagd nur darum aufgegeben, weil er glaubt, Sie seien zu beschäftigt, um heute nachmittag als Walfisch tätig zu sein. Und das ist gut, weil wir dann Zeit genug haben, die Mönche um Hilfe für Sie zu bitten.«

Wieder schmolz die Angst in Hilliards Innerem. Wanda hatte recht: selbst wenn ihr Flirt sie von dem Verdacht befreit hatte, für Karminski und seinen Kollegen in dem Speisesaal in Drusk blieb Hilliard Walfisch, und nichts außer der Entdeckung des wirklichen Walfischs würde sie von dieser Überzeugung abbringen.

Als sie Klock erreichten, war immer noch nichts von dem Citroën zu sehen. Die Mönche sangen bereits im Chor. Zuerst glaubte Hilliard, es seien die Kerzenflammen, die Wandas Wangen erglänzen ließen, als sie vor der geschnitzten Madonna kniete, die ein Gesicht wie die Rektorin von Girton hatte, aber als er genauer hinblickte, sah er, daß es Tränen waren. Seine Worte im Auto hatten sie mehr erschreckt, als sie ihm hatte zeigen wollen. Glaubte sie jetzt, da sie wußte, wer sie im Speisesaal beobachtet hatte, wirklich, ihr Flirt habe etwas genützt, oder die Mönche würden ihnen helfen können? Der Schein der Kerzen ließ ihre silbernen Tränen golden schimmern, und Hilliard war sicher, sie betete darum mit solcher Inbrunst, weil sie es nicht tat.

Als Philosoph glaubte Hilliard an das Gebet nur in Gesellschaft anderer Philosophen, die es verspotteten, und so war er froh, als Wanda sich wieder erhob und ihn durch die Kirche zu einer Tür führte, an der *Zakrystia* stand.

In der Mitte der Sakristei schwang ein Akoluth ein mit Holzkohle geheiztes Weihrauchfaß, und während sein Kopf mit dem Faß hin und her schwang, sah Hilliard bestürzt, daß die runden Augen die Hippolytes waren. Er hatte sich kaum von diesem Schock erholt, als das Gesicht eines der drei Mönche, die ihre Gewänder anlegten, Sardines war. Als Sardine Hilliard erblickte, schüttelte er warnend den Kopf, drehte sich dann um und lächelte Wanda an.

»Das ist der Priester, von dem ich hoffe, daß er uns wird helfen können«, sagte Wanda. »Aber da er die Vesper abhält, müssen wir warten, bis sie vorüber ist.«

»Monsieur ist vielleicht überrascht, mich hier zu sehen«, sagte Hippolyte, als er auf Hilliard zukam, um ihn zu begrüßen. »Aber wie die ehrwürdigen Patres bin ich davon überzeugt, daß Religion das einzige Heilmittel für Polens Wunden ist.« Obwohl Hilliard kaum glaubte, daß die Kundenbesuche für Seit-Oktober-Mädchen von Kardinal Wyszynski in seiner Abmachung mit Gomulka genehmigt worden war, war er mit den Inkonsequenzen der französischen Katholiken zu vertraut, um an der Aufrichtigkeit der Gottesverehrung, mit der Hippolyte mit den Mönchen und den anderen Akoluthen zum Altar schritt, zu zweifeln. Während er das ernste Gesicht des Priesters mit dem sandfarbenen Haar darüber durch die offene Seitentür beobachtete, begann Hilliard besser zu verstehen, warum Sardine sich so vehement geweigert hatte, noch länger für die nicht immer christliche Politik des Westens zu arbeiten.

»Was machen Sie denn hier?« Hinter Hilliard und der von neuem knienden Wanda stand der vierte, dem sie unvermutet in weniger als einer Stunde begegneten: Admiral Sir David Doddick. »Sagen Sie nur nicht, Sie seien auch ein frommer Katholik.«

»Nein. Nur ein Besucher.« Trotzdem, was er zu Karminski in dem Bus auf der Fahrt zum Londoner Flughafen gesagt hatte, war Hilliard Mathematiker genug, um zu merken, daß er viel zu viele Männer, die er kannte, in diesem Kloster und seiner Umgebung traf, als daß man annehmen konnte, ihre Anwesenheit zur gleichen Zeit sei purer Zufall. Hippolyte allein schien über jeden Verdacht erhaben. Die Erklärung für des Admirals Anwesenheit konnte nichts anderes als ein subversiver Kontakt mit Sardine sein. Hatte nicht vielleicht das unerwartete Auftauchen von Lachs unter den zum Powazki Militärfriedhof pilgernden Streichholzschachtelsammlern Sardine dazu veranlaßt, Fersengeld zu geben? Hatte es Lachs nicht vielleicht für seine Pflicht gehalten, zu kommen und sich mit Sardine auseinanderzusetzen? Karminski hatte von Anfang an seine Zweifel hinsichtlich des Admirals gehabt, und hatte Sardine nicht gesagt, daß Kaviar im allgemeinen katholische Agenten nach Polen schicke?

»Pater Borowski war mit meinem Sohn in Stonyhurst.« Der Admiral deutete mit dem Kinn in die Kirche, wo Sardine jetzt mit den beiden anderen Mönchen um den Altar herumschritt und ihn in Weihrauchwolken einhüllte. »Und ein Kloster ist der beste Ort, den ich kenne, um ihn vor MacOggski zu verstecken. Als ich Nodder wegen der Hemden angerufen habe, sagte er, sie seien nicht mehr dort, und so nehme ich an, ein Vertreter der freien Welt muß sie geklaut haben.«

Hilliard schöpfte neuen Mut. Die Geschichte des Admirals von den Hemden war so grotesk, daß sie wahr sein konnte. Sardines Schuljungenfreundschaft mit Tomates Sohn konnte der Grund dafür sein, daß der Priester so fließend englisch sprach und der Admiral in Klock war. Daß der Admiral und der chinesische Botschafter zusammen den Empfang verlassen hatten, bedeutete wahrscheinlich nichts anderes, als daß zwei distinguierte alte Zecher noch einen Schnaps zusammen trinken wollten.

»Übrigens, Arbuthnot, wann werden Sie wieder nach England zurückkehren?«

»Am Donnerstag, wenn alles gutgeht.« Wenn der Admiral nicht Lachs war, hatte es keinen Sinn, daß Hilliard etwas von der schlimmen Lage sagte, in die ihn Karminski gebracht hatte.

»Sie Glücklicher! Ich werde noch nach Krakau und Czenstochau fahren müssen. Dürfte ich Sie vielleicht bitten, diesen Brief für mich abzuschicken, wenn Sie wieder in England sind? Obwohl es hier keine Zensur mehr geben soll, bei diesen kommunistischen Schnüfflern weiß man nie. Ich habe kein englisches Kleingeld bei mir, aber da Sie nicht MacOggski heißen, wird es Ihnen wohl nichts ausmachen, die Marke für mich zu bezahlen.«

»Es wird mir ein Vergnügen sein.« Aber die Erwähnung der Zensur hatte in Hilliard wieder ein unbehagliches Gefühl aufkommen lassen. Er schob den Brief in seine Tasche und beschloß, ihn bei der ersten sich bietenden Gelegenheit zu öffnen und, wenn der Inhalt ihm irgendwie verdächtig erschien, den Brief zu vernichten. Er hatte bereits zuviel Ärger mit Karminski, um sich des Admirals wegen noch mehr zuzuziehen.

Wanda erhob sich, um der kleinen Prozession Platz zu machen, als sie in die Sakristei zurückkehrte.

»Pater, ich möchte Ihnen meinen Freund Arbuthnot vorstellen. Er ist leider nicht einer von uns, aber er hat das Herz auf dem rechten Fleck.« Der Priester verneigte sich. Sein Gesichtsausdruck zeigte keine Überraschung darüber, daß der Admiral Hilliard unter einem falschen Namen vorgestellt hatte.

»Und da er am Donnerstag wieder nach England zurückkehrt, ist er der Richtige, Ihren Brief, von dem Sie mir gesagt haben, dort abzuschicken.«

»Wenn es Ihnen nicht zuviel Mühe macht, Mr. Arbuthnot, würde ich Ihnen dankbar dafür sein.« Der Priester zog aus der Tasche in seinem Gewand einen Umschlag und reichte ihn Hilliard. »Es ist illegal, wenn wir unbenutzte Briefmarken aus Polen ins Ausland schicken, aber ich habe einen Freund in England, der sie sammelt.«

»Es wird alles bestens besorgt, Pater.« Wenn er auch nicht glaubte, daß Sardine es wagen würde, eine Geheimnachricht einem Mann anzuvertrauen, von dem er wußte, daß Karminski ihn verdächtigte, Walfisch zu sein, würde Hil-

liard es nicht darauf ankommen lassen: er würde den Brief des Priesters öffnen, wenn er den des Admirals öffnete, und ihn vernichten, wenn er ihm subversiv erschien.
»Und dies hier, Pater, ist Fräulein Zamoyska. Ihre Zeitung war so liebenswürdig zu glauben, ich sei es wert, interviewt zu werden.«
»Fräulein Zamoyska und ich sind alte Freunde. Und jetzt entschuldigen Sie und Mr. Arbuthnot uns bitte, denn ich möchte gern eine private Angelegenheit mit ihr besprechen.«
»Sie scheinen das gewisse Etwas zu haben, das man braucht«, sagte der Admiral zu Hilliard, als Pater Borowski und Wanda zusammen die Sakristei verlassen hatten. »Als ich sie bat, mit mir hierher zu fahren, hat sie mir eine enttäuschende Antwort gegeben. Nun, Arbuthnot, wenn Sie schon nicht brav sein können, seien Sie vorsichtig. Und haben Sie Dank dafür, daß Sie den Brief für mich besorgen.« Der Admiral nickte kurz und ging in den Kreuzgang hinaus.
Es war für Hilliard nicht schwer zu erraten, was die ›private Angelegenheit‹ war, die Pater Borowski mit Wanda besprechen wollte. Ohne sich im einzelnen darüber zu verbreiten, würde der Priester ihr sagen, es sei gefährlich für sie, sich mit einem Mann zusammenzutun, der seines Wissens unter zwei Namen in Polen reise. Wanda würde dann Pater Borowski sagen, was Hilliard ihr berichtet hatte. Aber würde die Geschichte von dem Koffer und dem Mantel Pater Borowski davon abbringen, zu glauben, daß Hilliard Walfisch sei, und würde er bereit sein, ihm ebenso wie Wanda zu helfen, die man so lächerlich verdächtigte, Sardine zu sein? Hilliard machte sich solche Sorgen über diese Ungewißheiten, daß er fast vergaß, sich von Hippolyte und den anderen Mönchen und Akoluthen zu verabschieden, die sich verneigten und dann die Sakristei verließen.

Eine Viertelstunde später kam Wanda zurückgeeilt.
»Ihr Mantelfreund ist gerade erschienen und hat verlangt, den Prior zu sprechen«, sagte sie. »Pater Borowski rät, wir sollen uns aus dem Staube machen, solange es noch geht.«

SIEBZEHNTES KAPITEL

VOR DER PFORTE DES KLOSTERS STAND DER graue Citroën wieder hinter dem Syrena, aber Wanda war so ruhig, als sie sich ans Steuer setzte, daß es Hilliard beschämte und er seine Angst zu unterdrücken versuchte.

»*Dzika Kaczka*, was auf englisch Wildente heißt, unter diesem Namen ist Ihr Freund in Spionagekreisen bekannt. Pater Borowski wird jedenfalls versuchen, das Gespräch so lange wie möglich auszudehnen, damit wir einen guten Vorsprung haben. Die Hauptsache ist, zu verhindern, daß er herausbekommt, wohin wir fahren – das heißt, wenn er wirklich hinter uns her ist. Pater Borowski meint, bei Leuten wie Wildente wisse man das nie.«

»Und wohin fahren wir?« Es schien alles doch noch gut zu werden. Der Priester hatte sich gewiß einen Plan ausgedacht, um Wanda und Hilliard zu retten. Der Syrena fuhr bereits in vollem Tempo die Straße entlang, aber als Hilliard durch das Hinterfenster blickte, sah er den Citroën noch vor der Klosterpforte stehen.

»Wir fahren nach Posen. Dort wohnt ein Freund von Pater Borowski, der Sardelle genannt wird. Aber versuchen Sie keine Winkelzüge zu machen. Warum haben Sie mir nicht gesagt, daß Pater Borowski Sardine ist?«

»Wie hätte ich das gekonnt? Ich habe es selber erst erfahren, als ich ihn in der Sakristei wiedererkannte.«

»Sie hätten mir zumindest sagen können, daß Sie wußten, daß es wirklich eine Person namens Sardine gibt und daß Sie sie getroffen hatten. Warum haben Sie es nicht getan? Weil Sie mir nicht trauten?«

»Deswegen natürlich nicht. Ich wollte Sie nur nicht mehr erschrecken, als es notwendig war.«

»Das hätte mich nicht erschreckt. Im Gegenteil, es hätte mich beruhigt, denn ich hätte dann gewußt, daß es einen wirklichen Sardine gibt und daß Karminski nicht nur mich allein verdächtigt. Sie haben mir über sich selbst hoffentlich die Wahrheit gesagt, was freilich nichts daran ändert. Pater Borowski sagt, es sei trotzdem meine Pflicht, Ihnen zu helfen, selbst wenn Sie Walfisch seien.«

»Sie brauchen sich darum keine Gedanken zu machen. Ich bin ebensowenig Walfisch wie Sie Sardine sind.«

»Nicht weil der Admiral Sie Pater Borowski als Arbuthnot vorgestellt hat, frage ich Sie das – der Admiral nennt alle Leute Arbuthnot, sagt Pater Borowski. Ich frage es Sie, weil, wenn ich weiß, daß Sie nicht Walfisch sind, mir das helfen wird, mutiger zu sein, wenn wir gefaßt werden. Mein Onkel sagt immer, er sei nur darum während des Aufstandes von der Gestapo nicht erschossen worden, weil er sich nie anmerken ließ, wie groß seine Angst war, als sie ihn verhörten. Mein Vater und meine Mutter waren nicht so klug.«

»Wie furchtbar für Sie!« Als er diese armseligen Worte sagte, wurde Hilliard sich zu seiner Überraschung bewußt, daß er trotz seiner Zuneigung zu ihr sich nie gefragt hatte, ob sie mit Eltern zusammenlebte oder nicht. Wie Berkleanische Tische und Stühle existierte ihr wandlungsfähiges kleines Gesicht nicht, wenn er nicht da war, um es zu beobachten. Der graue Citroën, sah er zu seiner Freude, als er wieder einmal durch das Hinterfenster blickte, schien ihnen noch immer nicht zu folgen.

»Wie Pater Borowski nun einmal ist, wollte er sich natürlich, nachdem ich ihm gesagt hatte, was geschehen war, sofort der Sicherheitspolizei stellen, und Sie ahnen gar nicht, wie schwer es für mich war, ihm das auszureden. Schließlich gelang es mir, ihn davon zu überzeugen, wieviel wichtiger er für Polen ist als ich. Aber selbst da betonte er noch, daß er nicht nur mich, sondern auch Sie retten würde, weil er, wenn er sich stellte, Karminski fast sicher davon abbringen würde, zu glauben, Sie seien Walfisch, aber ich erwiderte, ich wisse, Sie seien ein viel zu

edler Mensch, um zuzulassen, daß er sich für Sie so opfere. In dem Fall, meinte er, sei es für uns beide die einzige Rettung, daß Sie mich mit nach England nähmen.«
»Und wie soll ich das tun, da es höchst unwahrscheinlich ist, daß ich selber dorthin werde zurückkehren können?«
Hilliard war sich klar darüber, daß diese Worte alles andere als edel klangen, aber er war so ärgerlich über Wanda, daß sie ihn in diese Zwangslage brachte, daß ihm das gleich war.
»Deswegen fahren wir zu Sardelle. Er wird uns falsche Pässe geben. Sie werden Cyprian Antrobus-Potts und ich werde Mrs. Cyprian Antrobus-Potts, mit irgendeinem französischen Mädchennamen, woraus sich mein schlechtes Englisch erklärt, wenn wir in London landen. Die Pässe sind echte, aus England geschickte, und Sardelle besitzt offenbar alle dazugehörigen Stempel und dergleichen. Die einzige Schwierigkeit für ihn ist, zu wissen, welche Unterschriften er auf unseren Visen fälschen muß, da auf dem polnischen Konsulat in London fortwährend das Personal wechselt, aber Pater Borowski meint, dieses Risiko müßten wir auf uns nehmen. Die letzten Antrobus-Potts' scheinen jedenfalls gut durchgekommen zu sein.«
»Um Himmels willen! Nennt er sie etwa alle Antrobus-Potts?«
»Natürlich nicht. Ich habe den Namen nur als Beispiel benutzt. Die letzten Antrobus-Potts' waren Pilkington-Georges. Pater Borowski sagt, Sardelle benutze immer Doppelnamen, weil sie neben Knickerbockern die beste Garantie für *vox et praeterea nihil* seien.«
Selbst in der Besoldungskompanie hatte Hilliard von den Listen des Geheimdienstes gehört. Die im heißen Krieg erfundenen Täuschungsmethoden waren zweifellos im kalten verbessert worden, und ihre Pässe würden so wie die Sichtvermerke wahrscheinlich überzeugend sein. Je-

denfalls, ob ihm Pater Borowskis Vorschlag gefiel oder nicht, er mußte ihn annehmen. Dadurch, daß Wanda Borowskis Angebot, sie damit zu retten, daß er sich selber stellte, abgelehnt hatte, hatte sie es Hilliard unmöglich gemacht, sie in Polen zurückzulassen, ohne sich auf den Boden des dysteleologischen Irrationalen zu stellen, ganz abgesehen davon, daß er nicht allein das Land verlassen konnte, selbst, wenn er es wollte – nicht nach den Anweisungen, die Karminski gegeben hatte. Aber niemand auf dem Flughafen würde auf Mr. und Mrs. Antrobus-Potts besonders achten, denn das war nur der Name eines Ehepaares, der so albern war, daß man erwarten konnte, Streichholzschachtelsammler hießen so.

»Da ist noch der feierliche Empfang, den man Ihnen auf dem Flughafen bereitet hat, aber Pater Borowski meint, daß Sie, wenn Sardelle ein Paßfoto von Ihnen mit dunkler Brille hineinklebt und Sie die in Okecie tragen und außerdem noch am Stock gehen und hinken, sie mit ihm durchkommen müßten.«

»Und was ist mit Ihnen? Man wird auch nach Ihnen fahnden, und wie ich Karminski kenne, wird er der Flughafenleitung eine ziemlich genaue Personenbeschreibung von Ihnen gegeben haben und außerdem auch noch ein Foto, wenn er sich eins hat beschaffen können.«

»Das ist mir klar. Aber Pater Borowski sagt, wenn ich mein Gesicht in Falten lege, eine Pferdeschwanzfrisur trage und mich ein bißchen komisch anziehe, müßte auch ich durchkommen.«

»Und wie ist es mit den Flugscheinen? Da Sie angeblich durch Ihre Verheiratung Engländerin geworden sind, werden Sie auch einen Rückflugschein haben müssen. Meiner ist aber auf den Namen Hilliard ausgestellt, und selbst wenn der unleserlich geschrieben ist, kann man ihn kaum als Antrobus-Potts lesen.«

»Pater Borowski hat von den Flugscheinen nichts gesagt,

vermutlich darum, weil er wußte, daß Sardelle auch damit fertig werden wird.«
Dieses vage Wort erschreckte Hilliard. Hatte der Priester Zeit gehabt, sich das alles gründlich zu überlegen? Antrobus-Potts' konnten nicht ohne Gepäck reisen, und jetzt, da er auf der Flucht war, konnte Hilliard nicht ins Leningrad zurückfahren, um seinen Koffer zu holen, denn Karminski würde das Hotel bestimmt überwachen lassen. Würde Sardelle die Art von englisch aussehenden Koffern beschaffen können, die Antrubus-Potts' brauchten, und ebenso all die dazugehörigen Dinge?
Eine weitere Angst überfiel Hilliard. Bei seiner Ankunft in Okecie war ihm an einem Schalter sein Paß abgenommen und ein Stück weiter an einem anderen wieder ausgehändigt worden. Hatte man nicht seinen Namen in einer Liste verzeichnet, so daß der Harold Twinberrow Hilliard, der Polen verließ, als ein Harold Twinberrow Hilliard identifiziert werden konnte, der nach Polen gekommen war? Leute namens Antrobus-Potts waren nie in Okecie gelandet. Aber vielleicht würde Sardelle sie zu Antrobus-Potts' machen, die mit dem Zug oder Bus aus Moskau gekommen waren, wohin sie sich direkt von London aus per Flugzeug begeben hatten. Doch dafür waren sowjetische Visa, Flughafen- und Polizei-Registrierungsstempel erforderlich. Hatte Sardelle auch für diese die notwendigen Werkzeuge? Die Pilkington-Georges waren jedenfalls ungeschoren durchgekommen. Um seiner Seelenruhe willen würde Hilliard das gleiche blinde Vertrauen in Sardelle setzen müssen, wie Laien in die Taufe und in Chirurgen.
»Wie werden Sie Ihren Onkel von all dem in Kenntnis setzen?« Sie fuhren schon wieder durch den garstigen Schmutz von Drusk, aber Bischof Berkeley war immer noch freundlich und hatte den grauen Citroën nicht hinter ihnen auf die Straße gesetzt.

»Das wird Pater Borowski tun. Da mein Onkel zum Glück in Lublin wohnt, kann er nicht verdächtigt werden, unser Komplice zu sein. Pater Borowski sagt, sie tun Menschen, die sie verdächtigen, jemandem zur Flucht in den Westen verholfen zu haben, Furchtbares an.«

Hilliard konnte das nur allzu gut glauben.

Niedrige Zwecke rechtfertigten heutzutage niedrige Mittel, und Mitleid war in denselben Verruf geraten wie das Gebet. Die einzige Möglichkeit, das Leid in der heutigen Welt zu ertragen, war, nicht daran zu denken. Denken beschwor das Bild. Der Grund, warum Staatsmänner das Bombardieren offener Städte zu befehlen und Dankgottesdiensten zur Feier des Sieges mit lächelnden Gesichtern beizuwohnen vermochten, war, daß sie selber nie gesehen hatten, wie ein kleines Kind bei lebendigem Leibe verbrannte.

»Posen?« fragte Hilliard. »Wie viele Kilometer sind es bis dahin?«

»Ungefähr zweihundertfünfzig – das bedeutet vier Stunden Fahrt auf Straßen wie dieser. Das Dumme ist, daß die Zeitung mir nur Benzin für die Fahrt nach Klock und zurück gegeben hat, und ich Narr habe vergessen, in Drusk anzuhalten, um neu zu tanken. Aber mit ein wenig Glück werden wir welches in Brodnica bekommen.«

»Und was ist, wenn wir es nicht bekommen?« Hilliard war von neuem beunruhigt: zu vieles schien vom Zufall abzuhängen.

»Ich werde nur einen Gedanken zu dem Mann von der Tankstelle in Wrocki zu senden brauchen.«

»Und wenn dort kein Tankstellenwart ist, der ihn empfängt? Was dann?«

Dann werde ich den Tankstellenwarten in Lipnica, Kowalewo und Thorn Gedanken senden, und ebenso Wildente, damit er glaubt, wir seien auf dem Rückweg nach Warschau. Aber wenn es bei keinem von ihnen klappt und

Wildente wirklich hinter uns her ist, werden wir gefangengenommen und gefoltert, und wenn wir sterben, werden wir Märtyrer; doch für mich wird das wohl leichter sein, weil ich für das katholische Polen sterben werde und Sie nur für Aktien und Dividenden.«
Da merkte er, daß sie sich über ihn lustig machte, aber er spürte keinen Groll, sondern nur Erleichterung.
Es begann bereits dunkel zu werden, und die Kerzen rings um ein weiteres neues Grab leuchteten auf einem Feld, das jetzt dunkelblau wie das Meer geworden war. Brodnica war dennoch so düster wie Drusk, und ebenso schäbig gekleidete Leute gingen durch seine bedrückenden Straßen. In einer Sackgasse, in die eins dieser abgerissenen Gespenster Wanda geschickt hatte, goß ein Mechaniker, dessen Gesicht mit Öl beschmiert war, Benzin aus Büchsen in den Tank des Syrena. Als Hilliard zahlen wollte, ließ Wanda das nicht zu, und an dem Lächeln, mit dem sie den Mechaniker bedachte, als sie ihm Geldscheine in die Hand drückte, erriet Hilliard, daß es ein Schwarzmarktgeschäft geworden war.
»Jetzt kann uns eigentlich nichts mehr passieren«, sagte sie, während sie geschickt rückwärts aus der Sackgasse herausfuhr. »Der Tank faßt sechzig Liter, und das ist mehr als genug, um nach Posen und zurück nach Warschau zu kommen, wenn Sardelle uns unsere falschen Pässe und alles andere besorgt hat, was, wie Pater Borowski sagt, höchstens bis Mittwoch früh dauert.«
Da war noch etwas, was der Priester zu übersehen haben schien. Der Syrena würde ebenso wie Wanda am Montagmorgen von der *Polska Prawda* vermißt werden, und die Verkehrspolizei ganz Polens würde aufgeboten werden, um nach ihnen auszuspähen. Wenn Sardelle ihnen keine falschen Nummernschilder und falschen Wagenpapiere beschaffen konnte, wäre die einzige sichere Möglichkeit, nach Warschau zurückzukommen, daß sie mit dem Zug

fuhren. Aber daß, auch nachdem sie Brodnica verlassen hatten, immer noch keine Scheinwerfer hinter ihnen aufleuchteten, begann Hilliard mit der wenig edlen Hoffnung zu erfüllen, daß Wildente das Kloster aufgesucht hatte, um Nachforschungen nach Pater Borowski und nicht nach seiner und Wandas Tätigkeit anzustellen.
Die dunkelblaue Nacht hüllte sie wie ein buntes Glasfenster ein, und die Straße war ein goldenes Kielwasser, das in umgekehrter Richtung vor ihren Scheinwerfern floß. Die Bäume sanken so sanft in das Dunkel zurück, wie sie aus ihm aufgetaucht waren, und Hilliard vergaß fast seine Ängste über der großen Freude, in dieser freundlichen Schattenwelt mit Wanda allein zu sein.
Dann plötzlich begann der Motor zu spucken. Das goldene Kielwasser hörte auf zu fließen und wurde zu einem reglosen Teich. Jedesmal, wenn Wanda sich mit dem Starter abmühte, ertönte ein merkwürdiges Surren, das verstummte, sobald sie den Zündschlüssel losließ.
»Verstehen Sie etwas von Autos, Professor Hilliard? Ich verstehe nämlich nichts davon.«
»Weniger als nichts, fürchte ich.« Selbst als er noch zur Schule gegangen war, hatte Hilliard alles Technische verachtet und es wie die Buchführung als etwas für beschränkte Jungen, die kein Talent für Syntax hatten, angesehen. Innerlich vor Angst bebend, sah er jetzt ein, wie verkehrt das von ihm gewesen war: Bolzen, Schrauben, Druckmesser, Kolben und Ventile waren das, was heutzutage die Welt bewegte, und selbst David Hume hätte an ihrer Existenz nicht zu zweifeln vermögen, wären Bolzen, Schrauben, Druckmesser, Kolben und Ventile dagewesen, um als nicht wirklich bewiesen zu werden.
»Dann ist das einzige, was wir tun können, zum heiligen Christophorus zu beten.«
»Zündkerzen – glauben Sie, es könnte an den Zündkerzen liegen?« Hilliard erinnerte sich, gehört zu haben, daß

Zündkerzen von Zeit zu Zeit gesäubert werden müssen.
»Wollen wir einmal nachsehen?«
Aber als er mit Wandas Hilfe die Motorhaube hob, vermochte er Zündkerzen von Zylindern ebensowenig zu unterscheiden wie Infinitive von Substantiven in einem Absatz polnischer Prosa. »Es tut mir leid«, sagte er, »ich finde mich da nicht zurecht und wage nicht, daran herumzudoktern.«
»Wie wäre es dann, wenn ich nach Brodnica zurückginge? Es können nicht mehr als sechs bis sieben Kilometer bis dorthin sein, und an der Tankstelle werden sie wahrscheinlich so etwas wie einen Abschleppwagen haben.«
»Wenn jemand zurückgeht, dann ich. Es wird mir schon mit Zeichen gelingen, dem Mann begreiflich zu machen, was passiert ist. Doch dann muß ich Sie Wildente allein überlassen, wenn er, während ich weg bin, hier angefahren kommt.«
»Das wird er jetzt kaum tun. Entweder hat er unsere Spur verloren, oder aber Pater Borowski hat ihn nach Warschau zurückgeschickt, damit er uns dort besucht. Aber wir wollen nichts Unbesonnenes tun. Es besteht immer noch die Chance, daß das Benzin übergelaufen ist. Ich werde es jedenfalls in etwa zehn Minuten mit dem Starter wieder probieren und sehen, ob der Motor dann anspringt.«
Als sie wieder im Dunkel des Wagens saßen, führte ihn der verschwommene Fleck ihres Gesichts in Versuchung. Nur dadurch, daß er sich daran erinnerte, in welche Schwierigkeiten sich andere ältere Männer durch Mangel an Selbstbeherrschung gebracht hatten, brachte es Hilliard fertig, sie nicht zu umarmen. Ihr Händehalten in Drusk war nur gespielt gewesen, und er hatte keine Ahnung, wie ein Mädchen von Wandas Frömmigkeit auf das reagieren würde, was sie vielleicht als Vorspiel zu einer Vergewaltigung deutete. ›Rektor gibt Sopran auf der

Chorempore Signal mit Sexflagge.‹ Sich daran erinnernd, welchen Spott diese Überschrift im Professorenzimmer erregt hatte, sagte Hilliard sich, daß er sich lieber von Karminski würde foltern lassen, als eine solche Überschrift im *London Bugle* erscheinen zu sehen.

»Abgesoffen. Was habe ich gesagt?« Der Motor war angesprungen, sobald Wanda den Schlüssel gedreht hatte. Aber am Stadtrand von Kowalewo begann er wieder zu spucken, und ehe sie Thorn erreichten, hatten sie drei Pannen gehabt. In Thorn fuhr Wanda sofort zu einer Reparaturwerkstatt, über deren Tür ein Neonschild mit den Worten *Warsztat Samochodowy* hing. Während Wanda dem Mechaniker erklärte, daß der Motor immer wieder aussetzte, saß Hilliard im Auto und dachte, wie schwer es sein mußte, eine Sprache zu lernen, in der eine Werkstatt *Warsztat Samochodowy* hieß.

»Wasser im Benzin, sagt er. Der Mann in Brodnica natürlich. Aber es hat keinen Sinn, über verschüttete Milch zu jammern. Er sagt, das Auspumpen des Tanks werde eine Stunde dauern, und so wollen wir inzwischen sehen, wo wir etwas essen können.«

Fast neben der Werkstatt befand sich ein Hotel. Der Speisesaal war so wenig einladend wie der in Drusk, aber als der schmuddelige Kellner ihre Tischlampe anknipste, erhellte Wandas grüner Hut die Düsternis und ließ sie leuchten wie die Schatten auf einem Zurbarán.

»*Hop siup!*« Hilliard stieß mit seinem Glas voll gelbem Zubrowka mit Wanda an. »Aber dürfen Sie Alkohol trinken? Sagten Sie nicht, daß man vierundzwanzig Stunden lang keinen getrunken haben dürfe, wenn man Auto fahre?«

»*Hop siup!* Die Gefahr besteht kaum, daß wir zu dieser Nachtzeit der Polizei in die Arme fahren, und nach all dem Warten auf der Straße brauche ich etwas, um mich aufzuwärmen.«

»Bestimmt.«

»Pater Borowski sagt, daß ich, wenn wir nach England kommen, wahrscheinlich bei Ihnen werde bleiben müssen, bis die britische Regierung mir politisches Asyl gewährt und ich mir irgendeine Arbeit suchen kann. Ich hoffe, Ihre Frau wird nichts dagegen haben. Sie wird doch wohl verstehen, daß ich nur in Ihren Geist verliebt bin?«

»Aber vielleicht bin ich nicht nur in Ihren Geist verliebt.«

Ihre Offenheit kränkte Hilliard so sehr, daß er fast vergaß, daß sie noch keineswegs außer Gefahr waren. Als er jung gewesen war, hatte er sich gewünscht, daß Mädchen sein großes Wissen über Spinoza bewunderten, jetzt lag ihm mehr daran, daß sie das ältere Gesicht bewunderten.

»Machen Sie sich deswegen keine Sorgen. Sie wird bald erkennen, daß sie nichts zu befürchten braucht. Die Theologen sagen, die beste Art, einen verheirateten Mann davor zu bewahren, auch nur in seinem Herzen mit einem Mädchen die Ehe zu brechen, sei es, ihm Morgen für Morgen beim Frühstück zuzusehen.« Aber die Menschen konnten nur die Gedanken verbergen, die sie hatten. Hilliard wußte, daß Charlotte nie an Philosophie dachte, Charlotte wußte aber nicht, wie oft Hilliard an Mädchen dachte. Sich nach einem hellen Regenmantel in der Schlange an einer Bushaltestelle zu verzehren, war jedoch etwas anderes, als das Mädchen, das man liebte, bei sich im Hause zu haben. Doch ein Mann, der Karminski, alias Bekas oder Schnepfe, die Stirn geboten hatte, würde sich nicht von Charlotte ins Bockshorn jagen lassen. Charlotte würde erkennen müssen, daß sie es nicht mehr mit einem Schwächling zu tun hatte, der sich mit unbenutzten Eintrittskarten für den *Messias* hinters Licht führen ließ. Charlotte würde dem ins Gesicht sehen müssen.

»Und außerdem sind Sie nicht wirklich in mich verliebt. Sie sind einsam, weiter nichts.«

Was anders als einsam konnte ein Mann sein, dessen Frau

von ›dir und deinen tiefen Büchern‹ sprach? Seine Freunde, wer waren sie? Die Kollegen, die er fünfzehn Jahre gern zu mögen vorgegeben hatte, aus Angst, herauszubekommen, daß sie nur vorgegeben hatten, ihn gern zu mögen?

»Jeder ist einsam, wissen Sie«, fuhr Wanda fort, als sie ihren zweiten Zubrowka hinunterkippte. »Das einzige Heilmittel gegen Einsamkeit ist der Tod.«

»Nicht einmal der anscheinend:

> Ach, der Tod wird mich finden, lange bevor ich müde geworden bin, dich anzusehen, und wird mich plötzlich in den Schatten und die Einsamkeit und den Sumpf des Grabes schaufeln.«

Aber an dem Eifer, mit dem Wanda das nächste Gericht begrüßte, das der Kellner brachte, merkte Hilliard, daß seine Übersetzung von Robert Brooke ins Französische keinen rechten Erfolg gehabt hatte.

Was auch die Theologen gesagt hatten, Charlotte war fähig, ihm gehörig Bescheid zu sagen und Wanda aus dem Hause zu werfen, längst ehe die erforderliche Anzahl von Frühstücken komplett war. Wenn sie das tat, würde Hilliard ihr Bescheid sagen und mit Wanda das Haus verlassen. Fromm oder nicht, Wanda würde dann dulden müssen, daß er mit ihr zusammenlebte. Würde es ihr so schwerfallen? War es wirklich ihr Ernst gewesen, daß sie ihn nur in ihrem Herzen liebte? War nicht der Druck ihrer Hand in dem Speisesaal in Drusk ein wenig zu warm gewesen, um nur gespielt zu sein? Vielleicht war das Vortäuschen nur Vortäuschen gewesen, um etwas vorzutäuschen. Wenn es so war, warum sollte er dann Skrupel haben, das zu nehmen, was sie ihm anbot? Junge Körper konnten alte Körper ebenso erhöhen, wie sie sie erniedrigen konnten. Hilliard war ziemlich sicher, daß Billsborrow nicht jedesmal, wenn er nach London fuhr, Externe im Empire College prüfte. Begierde war schließlich nur Biologie.

Bίος, flüsterte er leise über den Tisch ihrer roten Haarsträhne zu, aber selbst als sie das ernste griechische Wort vernahm, wußte er, daß sein Argument falsch war. Biologie war für die Jungen. Sie war so ausschließlich für die Jungen, daß, wenn er mit Wanda durchbrannte, er auf seinen Lehrstuhl verzichten und seinen Lebensunterhalt mit Schreiben verdienen mußte. Sex und Abenteuer seien das, womit man Geld verdiene, hatte Catacomb gesagt. *Der Gorilla und die Nymphe im Sputnik* von Cyprian Antrobus-Potts? Er würde lieber bei Catacomb und Priddle Fenster putzen, als so tief sinken.

»*Hop siup, Haroldek!*« Wanda lächelte Hilliard mit etwas trüben Augen an, als sie ihr drittes Glas Zubrowka erhob. Es ließ sich nicht mehr leugnen: die heilige Katharina von Siena war betrunken.

»*Hop siup, Wanda!*«

»*Hop siup, Wandzia!* solltest du sagen. Wandzia ist der Diminutiv von Wanda.« Schneeflocken begannen hinter dem Fenster auf den Zurbarán zu fallen, und bald umhüllten sie Wanda wie eine *mantilla*.

»Das macht es nicht leichter für uns, nicht wahr?« Hilliard befreite Wanda aus dem Spitzengeriesel, indem er sie umdrehte, damit sie es sah.

»Im Gegenteil. Aber wenn wir keinen Kaffee trinken, sondern sofort aufbrechen, müßten wir Posen erreichen, ehe die Straßen vom Schnee blockiert sind. Ich würde um die Rechnung bitten, wenn ich du wäre. Karminski würde uns mit der glühenden Zange ein- oder zweimal extra zwicken, wenn er herausbekäme, daß wir, ohne zu zahlen, gegangen sind.« An dem Lächeln, das den leichten Schlag begleitete, den sie ihm auf die Schulter gab, als sie sich erhob und hinausging, merkte Hilliard, daß sie wieder scherzte. Als Hilliard seinerseits zur *Tualeta* ging, sah er, daß an den Türen statt des ihm jetzt fast geläufigen *Meski* und *Damski Dla Panow* und *Dla Pan* stand. Nach kurzem Zögern betrat er *Dla Pan*. Er wollte die Toilette schon wieder verlassen, da fielen ihm die Briefe ein, die der Admiral und Pater Borowski ihm gegeben hatten, damit er sie in England abschicke, und er sagte sich, er könne keinen besseren Ort finden, sie zu lesen und fortzuwerfen, wenn sie subversiv waren. Pater Borowskis Brief trug folgende Adresse:

REV. ALOYSIUS GILHOOLEY, S. J.
CHURCH OF THE SACRED HEART,
LAURISTON STREET,
EDINBURGH

Die Methode benutzend, die er zu Hause anwandte, wenn er einem bereits zugeklebten und mit einer Briefmarke versehenen Brief ein Postskriptum hinzufügen wollte, öffnete Hilliard den Umschlag, indem er die Spitze seines Kugelschreibers unter der Klappe entlangrollte.

In dem Brief befanden sich fünf oder sechs Serien unbenutzter polnischer Marken verschiedener Werte. Ein Brief lag nicht dabei. Hilliard leckte an dem Gummi der Klappe, klebte den Umschlag zu und steckte ihn wieder in seine Tasche.

Der Brief des Admirals war adressiert an:

Persönlich
REAR-ADMIRAL SIR PERCY CHILDERSTONE,
K. C. B.,
DIRECTOR OF NAVAL-INTELLIGENCE
THE ADMIRALITY,
WHITEHALL,
LONDON S. W. I

Es konnte kein Zweifel mehr bestehen, Lachs, Hering oder geräucherter Schellfisch, der Admiral war ein Agent, und es wäre Wahnsinn, wenn Hilliard riskierte, mit einem Brief in der Tasche verhaftet zu werden, der offensichtlich einen seiner Berichte an seine vorgesetzte Dienststelle enthielt. Da er fürchtete, einen Brief zu lesen, der ihn nur in noch größere Angst versetzen konnte, als er es schon war, war Hilliard nahe daran, ihn ungeöffnet zu zerreißen, als jemand gebieterisch an die Toilettentür klopfte.

Davon überzeugt, daß der Klopfende Wildente war, warf Hilliard den Brief in das Wasserklosett und zog an der Schnur; aber als die Wasserflut verebbt war, lag der Brief immer noch in dem Becken. Er fischte den tropfenden Umschlag wieder heraus, stopfte ihn in seine Tasche, öffnete die Tür und stand dem schmuddeligen Kellner gegenüber, der sie im Speisesaal bedient hatte.

»Damski nie Meski«, sagte der Mann mit funkelnden Augen und verschwand in *Dla Panow*.

Hilliard amüsierte sich immer noch über diesen Irrtum, als sie außerhalb von Thorn von drei Polizisten angehalten wurden. Im ersten Augenblick war seine einzige Angst, sie würden riechen, daß Wanda Alkohol getrunken hatte, aber als Wanda ihm sagte, einer der Polizisten wolle seinen Paß sehen, wurde ihm klar, daß es sich um etwas ganz anderes handelte als um die übliche Verkehrskontrolle. Er hatte gerade noch Zeit, den Brief des Admirals in den Spalt unter der Scheibe hinuntergleiten zu lassen, ehe man ihm und Wanda Handschellen anlegte, sie von ihren Sitzen zog und in den Fond des Wagens stieß.

EINER DER POLIZISTEN SETZTE SICH ANS Steuer, wendete und fuhr den Wagen zurück nach Thorn. Der zweite saß neben ihm, den Kopf nach hinten gedreht, um Hilliard und Wanda zu beobachten, so daß es aussah, als trüge er seine Uniform verkehrt herum. Der dritte fuhr vor dem Auto auf seinem Motorrad mit leerem Beiwagen. Die Scheinwerfer des Autos und des Motorrades ließen unentwegt verschneite Streifen der Straße sichtbar werden, auf der sie fuhren, und Felder zu beiden Seiten, die noch weißer waren als die Straße. Auch die Bäume waren mit Schnee bedeckt, und die Straße, die Felder, die Bäume, alles wirkte im Licht der Scheinwerfer neu und weiß.

»*Cisza!*« brüllte der neben dem Fahrer sitzende Polizist, als Hilliard Wanda fragen wollte, ob sie wisse, warum man sie verhaftet habe, und machte ein so wütendes Gesicht, daß Hilliard sicher war, er würde ihn schlagen, wenn er nicht den Mund hielt.

Aber sobald sie, ohne dort anzuhalten, Thorn passiert hatten, wußte Hilliard, daß ihre Verhaftung nichts mit Wandas Trinken zu tun hatte. Wildente war schlauer gewesen als sie. Er hatte reichlich Gelegenheit gehabt, sich die Nummer des Syrena zu notieren, und statt eine falsche Spur zu verfolgen, auf die ihn Pater Borowski vielleicht gelenkt hatte, hatte er die gesamte Straßenpolizei alarmiert. Es war Warschau, wohin sie zurückkehrten. Warschau und Karminski. Die Antrobus-Potts' waren gestorben, ehe sie geboren waren.

So gefährlich ihre Lage schon vorher gewesen war, jetzt erschien sie geradezu katastrophal. Karminski wußte sicherlich von Kaviars Plan, Polens katholischen Glauben zu benutzen, um die Verteidigung des Westens zu verstärken, und ihr Besuch bei den Mönchen in Klock war für ihn gewiß der endgültige Beweis, daß Hilliard Walfisch und Wanda Sardine war. Sobald sie wieder in Warschau wären, würden sie getrennt verhört werden, und wenn ihre Aussagen nicht übereinstimmten, wären sie beide verloren.

Soweit Hilliard voraussehen konnte, waren es vier Fragen, die Karminski jedem von ihnen stellen würde:

War Hilliard Walfisch?

War Wanda Sardine?

Warum hatten sie das Kloster in Klock besucht?

Warum waren sie so spät abends in Richtung Posen gefahren, statt nach Warschau zurückzukehren?

Wanda würde sagen, Hilliard sei nicht Walfisch. Hilliard würde sagen, Hilliard sei nicht Walfisch. Wanda würde sagen, Wanda sei nicht Sardine. Hilliard würde sagen, Wanda sei nicht Sardine. Aber was würde Wanda antworten, wenn Karminski sie fragte, ob Hilliard ihr gesagt habe, daß Karminski ihn verdächtigte, Walfisch zu sein, und sie selber verdächtigte, Sardine zu sein? Höchstwahrscheinlich, ja, weil Verschweigen zu beweisen schien, daß Hilliard ein schlechtes Gewissen hatte. Und dennoch, in einem war Hilliard sicher: selbst wenn man ihr Folterungen androhte, selbst wenn man sie folterte, würde Wanda nie versuchen, sich selber damit zu entlasten, daß sie Karminski sagte, Pater Borowski sei Sardine. Konnte Hilliard, was ihn selbst betraf, dessen auch so sicher sein? Würde ein Mann, der schon vor den Gefreiten der Besoldungskompanie gezittert hatte, den Zangen und Brandeisen standzuhalten vermögen? Würde er mutiger sein als die anderen Weichlinge, die den Krieg in Büros als Drückeberger überstanden hatten und jetzt den Staat regierten, in der beruhigenden Gewißheit, nicht mehr auf die Probe gestellt werden zu können?

Würde er den Gedanken ertragen können, daß Wanda gefoltert würde? Würde Wanda den Gedanken ertragen können, daß Hilliard gefoltert würde? Seine einzige Hoffnung, anständig davonzukommen, lag darin: daß er Pater Borowski denunzieren würde, um Wanda zu retten, oder noch besser, daß Wanda ihn denunzieren würde, um Hilliard zu retten.

Was würde Wanda erwidern, wenn Karminski sie fragte, warum sie und Hilliard das Kloster in Klock besucht hatten? Höchstwahrscheinlich, daß sie Hilliard den Mönchen habe vorstellen wollen, weil sie den Versuch der Mönche bewundere, die katholische Theologie mit dem Marxismus zu versöhnen.

Aber was würde sie als Grund dafür angeben, daß sie sich so spät am Abend auf den Weg nach Posen gemacht hatten, statt nach Warschau zurückzukehren. Sie würde die gleiche Taktik wie in dem Hotelrestaurant in Drusk anwenden, und weil Wildente sie dort gesehen hatte, wie sie sich die Hände hielten, sicherlich sagen, sie seien ein Liebespaar, das in einer Stadt, wo man sie beide nicht kenne, einen stillen Winkel gesucht habe.

Um ihr zu verstehen zu geben, daß das auch seine Antwort sein würde, und den noch immer wachsamen Polizisten mit ihrer Verliebtheit zu beeindrucken, legte Hilliard seine von Handschellen gefesselten Hände auf Wandas und ließ sie neben den ihren in ihrem Schoß liegen. Aber selbst die Wärme ihrer Handflächen, die seine Hände berührten, vermochte nicht die wie ein Raddampfer in seinem Gehirn stampfenden Gedanken zum Schweigen zu bringen. Der Polizist würde Karminski berichten, daß sie sich in dem Auto die Hände gehalten hätten, und Wildente würde ihm berichten, sie hätten das auch in dem Restaurant getan, aber würde Karminski dem irgendwelche Bedeutung beimessen? Würde Karminski nicht klug genug sein, um zu merken, daß das alles nur gespielt war, oder genug Mann von Welt, um zu dem Schluß zu kommen, daß zwei Komplicen sich so leicht ineinander verlieben konnten wie Tennisspieler oder Streichholzschachtelsammler? Während sie Meile um Meile durch eine weiße Wattewelt fuhren, beglückte es Hilliard immer mehr, daß es ihm wenigstens gelungen war, den Brief des Admirals loszuwerden.

Kurz bevor sie die Außenbezirke von Warschau erreichten, stoppte das Motorrad mit dem Beiwagen, und der Syrena hielt dicht hinter ihm. Wanda war die erste, der die Augen verbunden wurden. Als das schwarze Band ihr über die Augen gelegt wurde, pufffte sie Hilliards Hände so kräftig, daß er wußte, sie hatte ihm einen Gedanken gesendet, und noch ehe man auch ihm die Augen verbunden hatte, hatte er erraten, was für ein Gedanke es war: daß, genauso wie sie Pater Borowski nicht verraten werde, er auch Pater Borowski nicht verraten dürfe, um sie zu retten. Wanda würde Pater Borowski nicht verraten, weil er das Symbol Polens war. England hatte heutzutage kein Symbol, und das machte es für Hilliard so viel schwerer, heroisch zu sein, als für Wanda. Dadurch ermutigt, daß er das drohende Gesicht des Polizisten nicht mehr sehen konnte, wollte Hilliard Wanda zuflüstern, er habe verstanden, aber kaum begannen seine Lippen sich zu bewegen, da ertönte schon wieder das wütende *Cisza*, und er konnte ihr seine Zustimmung nur damit verständlich machen, daß er den Druck seiner Hände auf ihren verstärkte.

Nach etwa zehn Minuten hielt der Wagen von neuem, und man befahl Wanda und Hilliard, auszusteigen. Jemand packte Hilliards Arme, und er wurde aus dem sanften Rieseln des Schnees in ein Haus geführt, in dem es nach Staub und kaltem Gemäuer roch. Der Polizist sagte ein Wort, das Hilliard nicht verstand, und es ging eine lange Treppe hinunter. Hilliard, der sich an Berichte über das, was in den Kellern der Geheimpolizei in kommunistischen Ländern vorging, erinnerte, konnte seine Angst nur dadurch beherrschen, daß er um keinen Preis vor Wanda als Feigling dastehen wollte. Aber als ihm die Binde von den Augen abgenommen wurde, sah er, daß Wanda und ihr Begleiter verschwunden waren und daß er mit seinem Polizisten allein in einem pistaziengrünen Raum war, dessen ganze Einrichtung ein paar Stühle und ein Schreibtisch bildeten, vor dem der Polizist stand und ihn am Arm festhielt. Über dem Schreibtisch hing eine Laterne, die nicht brannte, und von dort, wo er stand, sah es so aus, als zeichneten die Schatten, die die Wandlampen auf die Laterne warfen, die Gestalt eines alten Mannes oder eines Mädchens, das, die Hände um die Knie geschlungen, dasaß. Der alte Mann hatte sich in das Mädchen verwandelt und wieder sechs- oder siebenmal in sich selbst zurück, ehe sich eine fast unsichtbare Tür in der Wand hinter dem Schreibtisch öffnete und Karminski und Wildente hereinkamen. Karminski setzte sich an den Schreibtisch, und es war, als ob es ihm schwerfiele, den Kopf still zu halten, weil all die Schlüsse in ihm wie Felsbrocken herumwirbelten, während Wildente, der neben ihm stehenblieb, ein verzerrtes Grinsen aufsetzte. Nachdem der Polizist seine Meldung erstattet hatte, nahm er Hilliard die Handschellen ab, salutierte und ging durch die Tür hinaus, durch die er mit Hilliard hereingekommen war.

»Was für ein Glück, daß ich gerade heute zu den Mönchen gefahren bin, um sie von der Sondersteuer in Kenntnis zu setzen, die die Regierung ihnen auferlegen wird«, sagte Wildente zu Hilliard und verließ dann den Raum schnell wieder durch die Tür hinter dem Schreibtisch.

»Professor Hilliard«, sagte Karminski, »ich gebe Ihnen jetzt eine letzte Chance, mit uns zusammenzuarbeiten. Warum haben Sie in Begleitung von Fräulein Zamoyska ein aufrührerisches Kloster besucht? Das Jasna Gora in Czenstochau wäre bestimmt als Sehenswürdigkeit geeigneter gewesen, um von einer Reporterin der *Polska Prawda* einem in Polen zu Besuch weilenden Professor der Philosophie gezeigt zu werden.«

»Professoren der Philosophie interessieren sich mehr für Philosophie als für Sehenswürdigkeiten. Ich wollte die Mönche in Klock kennenlernen, weil mir Fräulein Zamoyska von ihrem Versuch berichtet hatte, Christentum und Marxismus zu versöhnen. Mit anderen Worten, eine kleine Urlaubsfahrt, von der man zugleich beruflich etwas hat.«

»Sie sind ein schlechter Schauspieler, Professor Hilliard. Wenn das Ihr einziger Grund war, die Mönche zu besuchen, warum hat Ihnen dann einer von ihnen einen Brief mitgegeben, den Sie, wenn Sie wieder in England waren, abschicken sollten?«

Sardine hatte gesagt, daß in Polen selbst Friedhofsmauern Ohren hätten. Das gleiche schien auf Sakristeien zuzutreffen. Entweder war einer der Mönche oder einer der Akoluthen von Karminski bestochen worden. Als Hilliard zu diesem Schluß kam, läutete das Telefon, und während Karminski sprach, bereitete Hilliard seine Antwort vor. Wenn er sich sträuben würde, Pater Borowskis Brief herauszugeben, würde Karminski daraus schließen, daß Hilliard entweder wußte oder glaubte, daß er eine subversive Nachricht enthielt. Es war weit besser, wenn der Priester einen Verweis erhielt, weil er unbenutzte Briefmarken aus Polen herausschmuggelte, als daß Karminski den Verdacht schöpfte, er sei Sardine. Da er sicher war, daß Wanda dem zustimmen würde, zog Hilliard den Brief, den Pater Borowski ihm gegeben hatte, aus seiner Tasche und legte ihn auf den Schreibtisch.

»Wenn das alles ist, was Ihnen Kopfschmerzen macht«, sagte er, als Karminski den Hörer aufgelegt hatte.

Karminski lächelte verächtlich, als er die Adresse las, musterte aber die Rückseite des Umschlags so lange und so aufmerksam, daß Hilliard schon zu fürchten begann, er habe gemerkt, daß der Brief geöffnet und wieder zugeklebt worden war. Dennoch löste Karminski schließlich die Klappe genauso, wie Hilliard es getan hatte, indem er mit einem Kugelschreiber von der Spitze aus an ihren beiden Seiten entlangfuhr.

»Briefmarken! Als nächstes werden wir hören, daß der Papst Streichholzschachteln sammelt.« Er knipste eine Lampe an, deren Schirm so grün wie Wandas komischer Hut war, und musterte die Marken von allen Seiten, ehe er sie wieder in den Umschlag schob. »Ist es Ihnen nicht in den Sinn gekommen, Hochwürden zu fragen, warum er die Marken nicht selber abschicken könne?«

»Das war nicht nötig. Er hat es mir von sich aus gesagt. Er sagte, es sei gegen die Devisenbestimmungen, unbenutzte Marken aus Polen ins Ausland zu schicken.«

»Ja, genauso ist es. Und aus diesem Grunde werden die Marken konfisziert werden müssen.« Karminski schob den Umschlag in ein Fach seiner Brieftasche. »Und nun, Professor Hilliard, sind Sie vielleicht so freundlich und zeigen mir den anderen Brief, den man Ihnen gegeben hat, damit Sie ihn in England in den Briefkasten werfen.«

»Der Priester hat mir keinen anderen Brief gegeben, den ich in England in den Briefkasten werfen sollte.«

»Das weiß ich. Es ist der Brief, den der Admiral Ihnen gegeben hat, damit Sie ihn in England abschicken, den ich zu sehen wünsche.«

»Ihr Spion muß nicht richtig hingesehen haben: der Admiral hat mir keinen Brief gegeben, den ich in England oder sonstwo abschicken sollte.« Diesmal war Hilliard ziemlich sicher, daß Karminski bluffte. Nur Wanda war in der Sakristei gewesen, als der Admiral ihm seinen Brief gegeben hatte, und die Gefahr, daß sie bei einem Verhör etwas davon sagte, war äußerst gering.

»Professor Hilliard, als wir in England zusammen im Bus saßen, haben Sie mir gesagt, Sie kennten den Admiral nicht. Später habe ich herausbekommen, daß Sie ihn nicht nur kennen, sondern sogar so gut kennen, daß Sie mit ihm zu einem Empfang in der englischen Botschaft gingen und ihn heimlich auf dem Powazki Militärfriedhof trafen. Wenn Sie mir vorgelogen haben, Sie kennten den Admiral nicht, warum sollten Sie mich dann nicht auch hinsichtlich des Briefes belügen, den er Ihnen gegeben hat, damit Sie ihn nach Ihrer Rückkehr in England abschicken?«
»Ich dachte, das hätten wir schon alles geklärt. Ich habe den Admiral nicht heimlich auf dem Powazki Militärfriedhof getroffen. Ich bin ihm dort zufällig in die Arme gelaufen, genauso wie ich zufällig zur Hand war, als er jemanden brauchte, der MacOggs Hemden für ihn in die englische Botschaft trug.«
»Und ebenso zufällig sind Sie ihm in der Sakristei des Klosters in Klock begegnet, wo er Ihnen auch zufällig einen Brief gegeben hat, den Sie in England für ihn abschicken sollten?« Karminskis Gesicht war so weiß wie die Mauer einer Brauerei.
»Der Admiral hat mir keinen Brief gegeben, den ich in England für ihn abschicken sollte.« Ständige Wiederholung war im Grunde ein zweischneidiges Schwert. Wenn Karminski hoffen konnte, Hilliard durch eine Gehirnwäsche dazu zu bringen, daß er sagte, der Admiral habe ihm einen Brief gegeben, damit er ihn in England abschicke, konnte Hilliard dann nicht vielleicht hoffen, Karminski durch eine Gehirnwäsche dazu zu bringen, daß er glaubte, der Admiral habe ihm keinen Brief gegeben, den er in England abschicken solle? Der Admiral hatte nicht in der Nähe der Tür gestanden, die in den Altarraum führte, als er ihm den Brief gegeben hatte, und der bestochene Mönch oder Akoluth konnte das unmöglich gesehen haben.

»Auf Ehre und Gewissen?«
»Auf Ehre und Gewissen.«
»Sind Sie dessen ganz sicher?«
»Ganz sicher.«
»Dann werde ich es noch sicherer machen müssen.« Karminski nahm den Telefonhörer ab und sagte ein oder zwei Sätze auf polnisch. Ein paar Sekunden später kamen zwei Männer mit tückischen Augen, die so klein wie Aspirintabletten waren, herein. Ohne daß Karminski ihnen das gebot, zogen sie Hilliards Brieftasche, Paß und Flugscheinheft aus der Tasche und legten alles auf den Schreibtisch, damit Karminski es prüfe. Nachdem sie Hilliards andere Taschen durchsucht hatten, rissen sie ihm die Jacke vom Leibe, drehten die Ärmel nach außen und tasteten das Futter ab. Sie zogen ihm auch die Weste aus und taten mit ihr dasselbe. Dann mußte er sich hinsetzen und Schuhe und Strümpfe ausziehen. Nachdem sie sie untersucht und seine Zehen auseinandergezerrt hatten, entblößten sie ihn völlig und steckten einen Brieföffner so rauh in seinen Anus, daß Hilliard vor Schmerz aufschrie. Als sie mit der hochnotpeinlichen Untersuchung fertig und gegangen waren und Karminski ihm sagte, er könne sich wieder anziehen, war Hilliard nahe daran, laut zu schluchzen.
Denn er wußte, er befand sich erst am Rande des dysteleologischen Irrationalen, und noch viel Schlimmeres würde folgen. Selbst wenn Karminski jetzt einsah, daß der Admiral Hilliard keinen Brief gegeben hatte, war da noch die Hürde Sardine, die genommen werden mußte. Wenn Wanda nicht Sardine und Hilliard nicht Walfisch war, was hatten sie dann so lange nach Einbruch der Dunkelheit auf der Straße nach Posen zu tun? Würde Karminski die Erklärung hinnehmen, daß sie ein Liebespaar waren? Das tote Pangesicht Karminskis, als er Hilliard seine Sachen zurückgab, ließ das kaum erhoffen. Wenn Hilliard schon

bei dem Stich eines Brieföffners aufgeschrien hatte, wie würde er dann eine Folterung durchstehen? Intellektuelle müssen im allgemeinen für ihren großen Verstand mit mangelnder Körperkraft bezahlen. So wie James Joyce dankbar gewesen wäre, wenn er die Augen eines irischen Arbeiters gehabt hätte, so sah es aus, als ob Hilliard bald bereit sein würde, seine Bildung gegen die Nieren eines Dockarbeiters einzutauschen. Mit Treten begann es meistens, hieß es, wobei ein Grammophon oder ein Radio in voller Lautstärke spielte, um das Schreien zu übertönen.

»Wie haben Sie sich des Briefes entledigt, Professor Hilliard? Haben Sie ihn verschluckt? Wir wissen, er ist nicht in dem Auto, denn wir haben es durchsucht.« Karminski saß so still da, daß er wie ein Foto von sich wirkte.

»Wie kommen Sie auf den Gedanken? Ich habe doch auch nicht versucht, mich von dem Brief des Priesters zu befreien.« Hatte der Admiral zufällig seinen eigenen Brief erwähnt, als er Pater Borowski vorgeschlagen hatte, Hilliard den seinen zu geben, damit er ihn in England abschicke? Hilliard glaubte es nicht, hätte aber viel darum gegeben, dessen ganz sicher zu sein.

»Den Brief des Priesters loszuwerden, war für Sie nicht nötig. Der Priester hatte Ihnen gesagt, daß nur unbenutzte Briefmarken darin waren. Sie hatten keinen Grund, zu glauben, daß er eine Anspielung auf dunkle Ränke enthielt.«

»Ich hatte sogar weniger Grund, zu glauben, daß ein Brief, der gar nicht existiert, so etwas enthielt. Benutzen Sie Ihren gesunden Menschenverstand, Herr Karminski. Warum sollte der Admiral mir einen Brief gegeben haben, damit ich ihn in England in den Briefkasten werfe, wenn er das selber hätte tun können, sobald er wieder in England war?« Der Admiral mußte seinen Brief erwähnt haben, als er vorschlug, daß Hilliard Pater Borowskis mitnehmen solle. Sonst hätte Karminski nicht unentwegt darauf herumgeritten.

»Zweifellos, weil der Brief sehr wichtig war und der Admiral noch eine Menge anderer Geschäfte zu erledigen hat, ehe er Polen verläßt. Übrigens, was tut ein Mann wie der Admiral in einem Kloster? Er sieht nicht so aus, als ob er besonders fromm wäre.«

»Die seltsamsten Leute bereuen manchmal, und der Admiral ist gerade im richtigen Alter, um zu geloben, Seit-Oktober-Mädchen auf immer für einen Monat aufzugeben.« Obwohl Hilliard weit davon entfernt war, sich über seinen eigenen Scherz zu amüsieren, gelang es ihm doch, ein flüchtiges Lächeln aufzusetzen.

»Reden Sie kein dummes Zeug, Professor Hilliard. Der Admiral hat Ihnen einen Brief gegeben, damit Sie ihn in England in den Kasten werfen, und ich will wissen, was Sie mit ihm getan haben.«

»Der Admiral hat mir keinen Brief gegeben, sage ich Ihnen noch einmal. Und wenn er es getan hätte, halten Sie mich für einen solchen Narren, daß ich mich dazu bereit erklärt hätte, ihn mitzunehmen? Ich hatte schon genug Schwierigkeiten mit Ihnen, und da man mir nicht die Genehmigung gibt, nach England zurückzukehren, ehe ich bestätige, daß Fräulein Zamoyska eine lächerliche Person namens Sardine ist, wie hätte ich da hoffen können, in der Lage zu sein, den Brief in den Kasten zu stecken?«

»›Die Hoffnung sprießt ewig in der Menschenbrust‹, wie Ihr Dichter Pope sagt. Was für eine Hoffnung hatten Sie, den Brief des Priesters abschicken zu können?«

»Marken sind nicht wie Briefe: Marken können warten.«

»So scheint es. Professor Hilliard, was haben Sie und Ihre Freundin hinter Thorn zu einer so späten Abendstunde getan?«

»Warum fährt man mit hübschen Mädchen zu später

Abendstunde irgendwohin?« Hilliard verzog seine Lippen zu einem, wie er hoffte, lüsternen Grinsen.
»Obwohl Fräulein Zamoyska fast noch ein Schulmädchen und zu jung ist, um in eine Verschwörung verwikkelt zu sein, ist sie nicht zu jung, um das Opfer eines Schicksals zu sein, das schlimmer ist als Tod?«
»Platonische Freundschaft mit intellektuellen jungen Frauen entwickelt sich oft zu einer Gefühlsbindung, wenn die Partner gemeinsame geistige Interessen haben.«
»Aber warum hinter Thorn, Professor Hilliard? Thorn liegt nicht an der direkten Straße von Klock nach Warschau.«
»Wir wollten nicht nach Warschau, sondern nach Posen.« Kaum war das Wort Posen seinem Munde entschlüpft, da wurde Hilliard bewußt, daß er zu mitteilsam gewesen war. Karminski, der so viel wußte, hatte vielleicht auch schon etwas von Sardelle und den Pilkington-Georges läuten hören.
»Warum Posen? Posen ist eine langweilige, öde Stadt. Warum haben weder Sie noch Fräulein Zamoyska an Miedzyzdroje und die traurigen Meereswellen gedacht?«
»Ich weiß es nicht. Ich habe Fräulein Zamoyska das Denken überlassen. Sie kennt Polen. Ich kenne es nicht.«
»Warum haben Sie sie nicht in Ihr Zimmer im Leningrad mitgenommen?«
»Dagegen sprach viel. Erstens war ich nicht sicher, ob ich an dem Etagenmädchen vorbeikommen würde, und zweitens bestand die Gefahr, im Flur MacOgg in die Arme zu laufen.«
»Und wie ist es mit der Gefahr, dem Admiral in dem Korridor in die Arme zu laufen? Oder wäre Ihnen das gleich gewesen?«
»Der Admiral war nicht mehr im Leningrad. Er war im Kloster.«

»Sie geben also zu, daß Sie schon, ehe Sie sich mit Fräulein Zamoyska zu dem Kloster aufmachten, wußten, daß Sie den Admiral dort treffen würden?«

»In dem Kloster hätte niemand mehr überrascht sein können, als ich es war, als ich ihn dort sah.«

»Warum haben Sie dann nicht gesagt, daß einer Ihrer Gründe, Fräulein Zamoyska nicht in Ihr Zimmer im Leningrad mitzunehmen, war, daß Sie fürchteten, im Korridor MacOgg oder dem Admiral zu begegnen?«

»Weil, als ich das sagte, ich den Admiral bereits in dem Kloster getroffen hatte und wußte, daß er dort blieb und ich ihm infolgedessen nicht im Leningrad begegnen konnte. Mit anderen Worten, ich habe nur von der Vorsicht gesprochen, die ich auf Grund dessen, was ich vorher erfahren hatte, habe walten lassen.«

»Ich möchte sagen, Sie haben Vorsicht walten lassen, weil Sie vorher schon mehr erfahren hatten als das. Für mich steht fest, daß Ihr Treffen mit dem Admiral in Klock bereits zwischen Ihnen abgemacht war, als Sie sich auf dem Friedhof trafen, und aus dem gleichen Grunde zustande kam: weil Sie beide wußten, daß ich Ihre Kontakte im Leningrad beobachtete. Ich bin auch nicht so sicher, daß es nicht auch Ihre Absicht war, ihm zufällig in Posen in die Arme zu laufen. Warum hätten Sie nicht mit Fräulein Zamoyska in ein anderes Hotel in Warschau gehen können? In den Fluren des Bristol oder Grand Hotels besteht nicht die Gefahr, daß man MacOgg in den Weg läuft.«

»Weil Fräulein Zamoyska in Warschau sehr bekannt ist und ich sie um keinen Preis kompromittieren wollte.«

»Erzählen Sie das der Königlichen Marine! Zum letztenmal, Walfisch, was haben Sie mit dem Brief getan, den der Admiral Ihnen gegeben hat, damit Sie ihn in England abschickten?«

»Der Admiral hat mir keinen Brief gegeben, und zum letztenmal, Bekas, ich bin nicht Walfisch.«

»Und zum letztenmal, Professor Hilliard, wenn Sie nicht Walfisch sind, woher wissen Sie dann, daß ich Bekas bin?«

Aber Hilliard hatte bereits gemerkt, daß er einen nicht wiedergutzumachenden Fehler begangen hatte.

»Ihre Arbeitgeber scheinen Sie sehr schlecht ausgebildet zu haben«, fuhr Karminski fort, nachdem er seine Stahlzähne triumphierend zur Schau gestellt hatte. »Erst lassen Sie sich dabei ertappen, wie Sie meinen Koffer auf dem Londoner Flughafen stehlen wollen. Dann entwenden Sie den Mantel meines Freundes in Schönefeld, um den Inhalt seiner Taschen zu durchsuchen, und werden erwischt, als Sie in dem Mantel aus der Toilette wieder herauskommen. Sie verfügen über eine Kenntnis fremder Sprachen, wie sie nur Briten besitzen, die für M. I. 5 arbeiten. Sie verkünden eine Vertrautheit mit dem stupiden Verhalten deutscher Generäle im letzten Krieg, die sich nicht jemand erworben haben kann, der seinen Militärdienst bei einer Besoldungskompanie abgeleistet hat, wie Sie mir vorgetäuscht haben. Sie zeigen sich auf einem Empfang in der englischen Botschaft mit Ihrem Komplicen. Und als Krönung des Ganzen nennen Sie mich mit einem Namen, den Sie nie hätten wissen können, wenn Sie nicht der britische Agent wären, der zu sein Sie unentwegt geleugnet haben.«

Hilliard starrte verzweifelt auf die Knie des Mädchens, die sich auf der Laterne wieder in die Jacke des alten Mannes verwandelten. Er saß in einer bösen Klemme: wenn er Karminski sagte, wie er entdeckt hatte, daß Karminski Bekas war, würde er damit Pater Borowski verraten. Und wenn er Pater Borowski nicht verriet, würde Wanda die schlimmen Folgen seiner Dummheit ausbaden müssen.

»Ich warne Sie, Professor Hilliard, daß ich in Ausübung meiner Pflichten manchmal unbarmherzig sein muß. Ich hoffe, Sie werden mir die Notwendigkeit ersparen, es Ihnen gegenüber zu sein. Zum letztenmal, was haben Sie mit dem Brief des Admirals getan?«

Wenn er nicht mit Handschellen gefesselt gewesen wäre, und wenn der Polizist, der neben dem Fahrer saß, ihn nicht so wachsam beobachtet hätte, hätte Hilliard gesagt, er habe ihn irgendwo auf der Rückfahrt nach Warschau aus dem Wagenfenster geworfen: der Brief würde dann jetzt unter Schnee begraben liegen, und wenn es taute, würde man sein Verschwinden den Wasserfluten oder Stürmen zuschreiben. Zu sagen, daß er ihn aus dem Fenster geworfen hatte, bevor ihm Handschellen angelegt worden waren, würde nutzlos sein, denn die Stelle hinter Thorn, wo sie verhaftet worden waren, war bestimmt inzwischen abgesucht worden. Zu sagen, daß er ihn verschluckt habe, würde ihm ebensowenig nützen: es gab klassische Methoden, um Dokumente, die man auf diese Weise hatte verschwinden lassen, wieder ans Licht zu bringen, und wie unangenehm sie auch waren, sie würden harmlos im Vergleich zu der Vergeltung sein, die folgen würde, wenn seine Lüge offenbar wurde.

»Ich bin immer noch bereit, mit Ihnen einen Kompromiß zu schließen«, fuhr Karminski fort. »Ich verlange nichts weiter, als daß Sie mir die Gelegenheit geben, mich selbst mit dem vertraut zu machen, was der Admiral geschrieben hat. Wenn der Brief bei Ihrem Versuch, ihn loszuwerden, einigermaßen erhalten geblieben ist, wird er Ihnen wiedergegeben werden, und Sie dürfen nach England zurückkehren und ihn dort in den Kasten werfen, als wäre nichts geschehen. Niemand wird je erfahren, daß Sie mir den Brief gezeigt haben, und Ihre Dollars und Pfunde werden Ihnen ebenso zurückerstattet werden.«

Bis jetzt hatte Hilliard immer angenommen, er sei nicht sehr tapfer und daß er, wenn er zwischen äußerster Pein und der Möglichkeit, sie zu vermeiden, wählen müsse, seine Überzeugungen schnell seinem Verlangen, ungeschoren davonzukommen, weichen würden. Zu seiner Überraschung entdeckte er, daß er gar nicht so schwach war, wie er geglaubt hatte. Die Adresse auf dem Brief des Admirals hatte es zu hundertprozentiger Gewißheit gemacht, daß der Admiral der Geheimagent war, der Hilliard nicht war. Wenn Hilliard Karminski erlaubte, den Brief zu lesen, würde er sich des Verrats schuldig machen. Und selbst wenn Karminski Wort hielt und nie jemand etwas von ihrem schändlichen Pakt erfuhr, würde Hilliard für den Rest seines Lebens auf dem Gewissen haben, daß er sich seine Sicherheit auf Kosten der Sicherheit seiner Landsleute erkauft hatte.

»Wenn Sie sich um das Schicksal Ihrer Komplicen Sorgen machen, dann, glaube ich, kann ich Sie beruhigen. Der Admiral wird unbelästigt bleiben, und es werden keine Schritte unternommen werden, um sein Ränkespiel zu vereiteln, bis er Polen verlassen hat. Auch gegen Fräulein Zamoyska wird nichts unternommen werden. Ich werde nichts weiter tun, als sie vor der Gefahr warnen, mit den Feinden ihres Landes zu verkehren, und solange sie diesen Rat befolgt, wird sie weder von mir noch von meinen Kollegen etwas zu befürchten haben.«

Wanda – der Name entrollte sich in Hilliards Innerem wie eine Flagge. Wanda war die Inspiration. Wanda war das Symbol. Exportbilanzen konnten nicht mit ihrem hingebungsvollen Gesicht und ihrer wilden Haarmähne konkurrieren. Auch der Admiral war keine Statistik; auch den Admiral hatte Hilliard in Nahaufnahme gesehen.

»Sie fragen sich vielleicht, welche Garantie ich Ihnen geben kann, daß ich mein Wort halten werde. Die Antwort ist: ich kann Ihnen keine geben. Selbst wenn Sie sicher und heil in Ihrer Kiste von Okecie in die Lüfte gestiegen sind, werden Sie immer noch nicht wissen können, daß ich Fräulein Zamoyska und den Admiral nicht verhafte, sobald Sie weg sind. Aber zumindest werden Sie den Trost haben, zu wissen, daß Sie alles in Ihrer Macht Stehende getan haben, um die beiden ebenso zu retten wie sich selbst. Wenn Sie mir aber nicht sagen, was Sie mit dem Brief des Admirals getan haben, dann werden Sie die Gewißheit haben, an dem Unglück, das über die beiden kommt, ebenso schuld zu sein wie an dem, das über Sie kommt.«

Hilliard brauchte nicht lange, um einzusehen, daß Karminskis Argument stichhaltig war. Wenn er sich weigerte, Karminski zu sagen, wo er den Brief des Admirals versteckt hatte, würde er Wanda und den Admiral ebenso wie sich selbst zur Folterkammer verurteilen; wenn er Karminski erlaubte, ihn zu lesen, konnte er zumindest hoffen, sie alle drei zu retten. Seine Pflicht gegen Wanda und den Admiral war gleich groß, da er sich ihre von Schmerz verzerrten Gesichter und ihre verrenkten Glieder vorstellen konnte. Seine Pflicht gegen sein Land dagegen war nichts weiter als die abgedroschene Treuepflicht einer gesichtslosen Masse von Fernsehern gegenüber. Und so sagte er, nachdem er beobachtet hatte, wie die Jacke des alten Mannes sich wieder in die Knie des Mädchens verwandelte:

»Ihre Polizisten sind nicht sehr eifrig, nicht wahr? Fragen Sie sie, warum sie nicht in den Spalt unter dem rechten Vorderfenster des Wagens geblickt haben.«

»Sie haben recht. Meine Polizisten scheinen nicht so auf Draht gewesen zu sein, wie sie es hätten sein sollen. Jedenfalls freut es mich, daß Sie endlich zur Vernunft kommen. Es ist töricht, ein Märtyrer der verkehrten Sache zu sein.«

Karminski sprach hastig und, wie Hilliard glaubte, ärgerlich auf polnisch ins Telefon und sah dann Hilliard mit einem verschmitzten Lächeln an. Hilliard fragte sich, wie sehr Karminski ihn wohl verachten mochte. Wenn die Rollen vertauscht gewesen wären, hätten weder Folter

noch Androhung der Folter Karminski dazu gebracht, nachzugeben, dessen war Hilliard sicher.
Ein paar Minuten später brachte einer der Kriminalbeamten mit den tückischen Augen, die Hilliard durchsucht hatten, den Brief des Admirals und reichte ihn Karminski. Obwohl er sehen konnte, daß der Umschlag immer noch feucht war, beschloß Hilliard, nichts von seinem Versuch zu sagen, sich seiner auf der Toilette in Thorn zu entledigen: wenn sie nicht in unmittelbarer Gefahr waren, versuchten wirkliche Agenten nicht, Geheimnachrichten zu vernichten, ehe sie sie auswendig gelernt hatten, und wenn Karminski einen Grund hatte, die Bedeutung des Briefes des Admirals zu bezweifeln, dann würde er vielleicht versuchen, den Handel rückgängig zu machen.
»In den Spalt unter dem Fenster scheint Schnee gefallen zu sein«, sagte Karminski, als er den Umschlag gemustert hatte. »Zum Glück ist aber die Adresse, die sehr interessant zu sein scheint, nicht verwischt.«
Zu Hilliards Überraschung öffnete Karminski den Brief nicht, wie er den von Pater Borowski geöffnet hatte. Statt dessen gab er ihn dem Kriminalbeamten wieder, der mit ihm verschwand und ihn ein paar Minuten später mit der sorgfältig gelösten Klappe zurückbrachte. Der Kriminalbeamte blieb in dem Raum, während Karminski den Brief las. Auf der Hilliard zugewandten Seite stand nichts, und das Papier war so dick, daß er die Worte auf der anderen Seite nicht entziffern konnte.
»Man lebt, und man lernt, Professor Hilliard.« Karminski schob den Brief wieder in den Umschlag und reichte ihn dem Kriminalbeamten, der von neuem mit ihm verschwand. »Sie brauchen nicht ein so gequältes Gesicht zu machen. Er ist nur weggegangen, um den Umschlag wieder sauber zuzukleben, damit nicht die Gefahr besteht, daß der Leiter des Marinegeheimdienstes merkt, daß er geöffnet worden ist, und Verdacht schöpft.«

»Ich verstehe.« Jetzt, da Hilliard wußte, daß er gerettet war, hatte sich seine Angst in Scham verwandelt, und selbst die Überlegung, daß er Wandas und des Admirals Haut ebenso wie seine eigene gerettet hatte, vermochte ihn nicht zu trösten. Karminskis Grinsen zeigte, daß er etwas Wichtiges erfahren hatte. Sich bedrückt an seine eigene Deutung von Karminskis Interesse an dem Besuch des Admirals in der chinesischen Botschaft erinnernd, fragte sich Hilliard, ob der Brief nicht vielleicht den Plan enthielt, wie man Polen und Chinesen gleichzeitig übers Ohr hauen konnte.

»Sie können jetzt natürlich Polen ungehindert wieder verlassen. Sie können es so ungehindert verlassen, daß es mir lieb wäre, wenn Sie es gleich morgen früh täten. Ein Lot-Flugzeug fliegt um neun Uhr von Okecie ab, und ich werde dafür sorgen, daß in ihm ein Platz für Sie reserviert wird. Damit Sie es aber auf keinen Fall verpassen, werde ich Sie um halb neun mit dem Auto in Ihrem Hotel abholen. Da Ihre Dollars und Pfunde jedoch nicht in die Devisenerklärung eingetragen sind, werde ich sie Ihnen erst zurückgeben, wenn Sie durch den Zoll hindurch sind. Selbst ich kann mit den Vorschriften der *Narodowy Bank Polski* nicht machen, was ich will.« Die hochtrabenden Sätze klangen kratzig, als ob sie von einem Bandgerät abgespielt würden.

»Heißt das nicht im Grunde, daß Sie mich ausweisen?«

»Obwohl ich großzügig gewesen bin, muß ich nach wie vor vorsichtig sein. Ich müßte auch den Admiral ausweisen, wenn ich das tun könnte, ohne unseren Pakt zu verraten. Ich werde ihn dennoch während seines restlichen Aufenthalts hier sehr genau überwachen lassen, und sobald er fort ist, werden alle seine Kontaktpersonen verhört werden, und er wird wie Sie nie wieder die Erlaubnis bekommen, nach Polen zurückzukehren. Inzwischen ist Fräulein Zamoyska so frei wie die Luft. Sie erwartet Sie draußen im Wagen. Und sollten Sie sich liebevoll von ihr in Ihrem Zimmer im Leningrad verabschieden wollen, dann werden, glaube ich, hundert Zlotys, die Sie dem Etagenmädchen in die Hand stecken, Ihnen das ermöglichen, ohne daß Sie vor Scham rot zu werden brauchen – vorausgesetzt natürlich, daß Sie nicht zufällig Herrn MacOgg im Flur in die Arme laufen.«

Als der Kriminalbeamte mit dem Brief zurückkam, sagte Karminski ihm, er solle ihn Hilliard geben. Die Klappe war so glatt, als wäre sie nie geöffnet worden, und die Adresse war zwar verwischt, aber noch leserlich. Als Hilliard den Brief wieder in seine Tasche steckte, verstand er, was Charlotte empfunden haben mußte, als sie ihm die beiden unbenutzten Eintrittskarten für den *Messias* gezeigt hatte.

NEUNZEHNTES KAPITEL

BEVOR MAN HILLIARD DIE LANGE TREPPE HINaufführte, legte man ihm wieder Handschellen an und verband ihm die Augen. Draußen schneite es noch immer, und kein Laut regte sich. Kaum hatte man ihn hinten in den Wagen geschoben, da legten sich andere Handschellen auf seine, und er merkte an dem kräftigen Druck der weichen Finger, daß man ihn warnte, nicht zu sprechen. Mit einem Ruck setzte sich der Wagen in Bewegung, und jedesmal, wenn er um eine Ecke bog, nahm er die Kurve so scharf, daß die Handschellen wie ein sorglos getragenes Teetablett klirrten. Als er schließlich hielt, kam der Polizist, der am Steuer gesessen hatte, nach hinten und befreite Wandas und Hilliards Hände und Augen. Dann ging er rasch davon und wurde vom Schnee ausradiert.

»Wir sind in Ludwika Krzywizkiege«, sagte Wanda, durch die mit Schnee bedeckte Scheibe blickend. »Wir wollen lieber schweigen, bis wir wieder in der Stadt sind.«

Hilliard setzte sich neben sie vorn in den Wagen und war erleichtert zu sehen, daß an der Tür weder draußen noch innen ein Riß war. Der Brief konnte nicht tief in den Spalt gerutscht sein, wie er befürchtet hatte, und der Polizist hatte ihn gewiß mit einem Messer oder einem Stück Draht herausziehen können. Wenn der Polizist – oder wer immer Wanda verhört haben mochte – Wildente nichts von Hilliards Pakt mit Karminski gesagt hatte, bestand die Chance, daß Hilliard seinen Verrat verheimlichen konnte. Aber wie sollte er sonst ihre Freilassung erklären? Hilliard machte sich so viele Gedanken, daß er erst, als Wanda seine Aufmerksamkeit darauf lenkte, die unwahrscheinliche Weihnachtspostkartenschönheit des Plac Zwabiciela bemerkte.

Wanda sprach erst, als sie hinter einer langen Reihe schneebedeckter Autos hielt, die gegenüber dem Leningrad wie ein Güterzug stand, der darauf wartete, rangiert zu werden.
»Du hast hoffentlich den Gedanken, den ich dir gesendet habe, um dir zu sagen, weswegen Wildente mit Karminski telefoniert hat, empfangen.«
»Leider nicht.« Es war also Wildente gewesen, der am anderen Ende der Leitung war, während er sich dazu entschloß, Karminski Pater Borowskis Brief zu zeigen. Hilliard fragte sich, warum er nicht daran gedacht hatte.
»Aber zumindest hast du doch wohl erraten, worum es bei dem Anruf ging?«
»Wie konnte ich das, da ich doch kein Polnisch spreche?«
»Sei nicht töricht – das weiß ich. Ich meine, Karminski hat vielleicht mehrmals *Dzika Kaczka* ins Telefon gesagt, und das hätte dich stutzig gemacht. Jedenfalls wollte ich dich wissen lassen, daß ich Wildente gesagt hatte, derjenige, der ihn informiert hatte, ein Priester habe dir einen Brief gegeben, damit du ihn in England abschicktest, müsse sich geirrt haben, denn ich hätte mit meinen eigenen Augen gesehen, daß es Admiral Sir David Doddick war.«
Warum hatte er Wanda so blöde mit dem fehlenden Badewannenstöpsel belogen und ihr gesagt, er sei dank ihrer Telepathie ersetzt worden? Stefan Zweig hatte recht, Barmherzigkeit brachte die, die sie ausübten, in mißliche Lagen. Der Admiral hatte von seinem Brief nichts gesagt, als er vorgeschlagen hatte, Hilliard solle Pater Borowskis Brief mitnehmen, um ihn in London in den Kasten zu stecken. Es war Wanda, die die Katze aus dem Sack gelassen hatte.
Hilliard war so wütend, daß er nicht wagte, etwas zu sagen.

»Ich habe doch wohl nicht etwas Verkehrtes getan? Weißt du, ich war ziemlich sicher, daß Pater Borowskis Brief keine unbenutzten Briefmarken enthielt, wie er behauptete, und daß Karminski ihn nur zu öffnen brauchte, um eine Geheimnachricht zu finden, und der Teufel war los.«

»Da ist nur eins, was du vergessen hast, nämlich, daß keine Telepathie und kein Erraten von Telefongesprächen verhindern können, daß ein politischer Gefangener durchsucht wird.« Wenn er Wanda sagte, daß er Pater Borowskis Brief freiwillig herausgegeben hätte, dann würde das das Eingeständnis seiner feigen Öffnung des Briefes auf der Toilette bedeuten, und nur wenn es unbedingt nötig war, würde Hilliard das tun.

»Zum Glück für Pater Borowski enthielt aber der Umschlag, den er mir gab, genau das, was er gesagt hatte: unbenutzte polnische Briefmarken und nichts weiter. Es war kein Tarnbrief irgendwelcher Art.«

»Aber Karminski hat es bestimmt nicht geglaubt. Was hat er getan? Hat er dir den Brief wiedergegeben?«

»Nein. Er sagte, er werde die Briefmarken konfiszieren müssen, da es illegal sei, sie aus Polen herauszuschicken. Doch das ist nur ein so geringfügiges Vergehen, daß ich annehme, damit ist die Sache erledigt. *De minimis non curat lex*.«

»Außer in kommunistischen Ländern. Und der Brief des Admirals? Was hat Karminski mit ihm getan?«

»Er hat ihn natürlich gelesen und ihn mir dann zurückgegeben. Es waren keine unbenutzten Briefmarken darin.« Hilliard begann sich wohler zu fühlen: Wandas Indiskretion hatte wenigstens das Gute, daß sie es ihm ersparte, seinen Verrat zu gestehen.

»Ich glaube nicht, daß Karminski Pater Borowskis Brief der unbenutzten Briefmarken wegen behalten hat. Ich glaube, es ging ihm dabei um die Handschrift.« Durch die mit Schnee bedeckten Scheiben einer vorüberfahrenden Straßenbahn fiel ein schwacher zuckender Lichtschein auf Wandas finsteres kleines Gesicht.

»Selbst wenn er die Adresse mit der Handschrift eines jeden im Kloster vergliche, würde er nicht dahinterkommen, wer Sardine ist; er würde nur erfahren, daß Pater Borowski der Mönch war, der versucht hat, unbenutzte Briefmarken aus Polen herauszuschmuggeln.«

»Woher weißt du, daß nicht unter dem Gummi auf der Klappe eine Geheimnachricht in unsichtbarer Tinte geschrieben stand?«

»Das ist ganz unmöglich. Bevor der Agent in England sie lesen könnte, hätte er die Gummierung abwaschen müssen, und damit auch die unsichtbare Tinte.«

»Dann vielleicht auf der Innenseite des Umschlags. Vielleicht stand dort die Geheimnachricht.«

»Ach, du und deine Geheimnachrichten! Pater Borowski hat mit dem britischen Geheimdienst gebrochen. Wenn er es dir nicht gesagt hat, mir hat er es gesagt. Warum sollte er also sein Leben aufs Spiel setzen, um Geheimnachrichten nach England zu senden? Außerdem war der Brief an einen Priester in Schottland adressiert – ich konnte nicht umhin, den Namen zu lesen, als er mir den Brief reichte.«

»Es muß aber etwas darin gewesen sein, sonst säßen wir beide jetzt nicht hier. Wenn ich für Sardine gehalten werde, warum hat dann Wildente nicht mit einem Wort davon gesprochen? Warum hat er es mir nicht ins Gesicht gesagt? Ich kann mir das nur damit erklären, daß er wußte, es konnte nicht zwei Sardinen geben, da Karminski ihm gesagt hatte, Pater Borowski sei Sardine, als Wildente ihn anrief, um ihm mitzuteilen, was ich über den Brief des Admirals ausgesagt hatte, und der Grund, daß Karminski das wußte, waren die Briefmarken.«

»Die Briefmarken können nichts damit zu tun gehabt haben – Karminski war bereits angerufen worden, als ich durchsucht wurde.«

»Und sind keine weiteren Telefongespräche geführt worden?«

»Er ist keinmal angerufen worden. Er hat selber zweimal telefoniert: das erste Mal, um Kriminalbeamte herbeizubeordern, damit sie mich durchsuchten, das zweite Mal, damit der Polizist, der mich in den Wagen neben dich geschoben hat, mich holte.«

»Wildente ist mehrmals angerufen worden – ich weiß nicht, weswegen, weil er jedesmal nichts anderes sagte als *Tak*. Einer der Anrufenden muß einer der Kriminalbeamten gewesen sein, die dich durchsucht haben.«

»Was hätte das für einen Sinn, da ich dir doch sage, in Pater Borowskis Brief war keine Nachricht. Und außerdem waren die Kriminalbeamten gar nicht in dem Raum, als Karminski den Umschlag öffnete.«

Aber Hilliard war gar nicht so sicher, wie er vorgab. Er konnte Wanda nichts davon verraten, daß Karminski telefoniert hatte, um dem Polizisten zu sagen, wo der Brief des Admirals versteckt war. Wie konnte er wissen, daß Karminski dem Polizisten nicht auch etwas von den Briefmarken gesagt hatte? Vielleicht war ein Zeichen auf Pater Borowskis Briefumschlag gewesen, das Hilliards ungeübtes Auge nicht bemerkt hatte. Oder hatten vielleicht die Werte der Marken oder die Anordnung der Serien einen Kode gebildet? »Vielleicht verdächtigen sie das ganze Kloster«, sagte er, als wieder eine Straßenbahn, die wie ein erleuchteter Schrein aussah, die Marszalkowska hinunterfuhr. »Ich kann mir nicht vorstellen, daß sie einen ganz bestimmten Verdacht hegen.«

»Ein Gesamtverdacht könnte meine, aber nicht deine Freilassung erklären. Welchen Grund hat Karminski für deine Freilassung genannt? Daß er nicht mehr glaube, du seist Walfisch?«

»Im Gegenteil, er ist noch so fest davon überzeugt, daß er mich ausweist. Ich muß morgen früh mit dem Neunuhrdreißigflugzeug Warschau verlassen. Und um sicher zu sein, daß ich es nicht verpasse, holt er mich vom Hotel mit einem Wagen ab und fährt mich zum Flughafen.«

»Du Armer! Aber wenn Karminski immer noch glaubt, du seist Walfisch, dann muß er auch immer noch glauben, du wüßtest, wer Sardine ist. Warum hat er dich dann nicht ins Gefängnis gesteckt? Tun sie das nicht meistens mit Spionen, aus denen sie etwas herausziehen wollen?«

»In den besten Kriminalromanen, ja.« Die einzige Möglichkeit, Wanda davon abzubringen, sich um Pater Borowski Sorgen zu machen, war, ihr von seinem Pakt mit Karminski zu berichten, und dazu konnte Hilliard sich nicht überwinden: wenn auch sein Motiv dafür gewesen war, Wanda und den Admiral ebenso wie sich selbst zu retten, wußte er, daß Wanda ihn verachten würde, weil er sein Land verraten hatte.

»Wir können jetzt beide nichts weiter tun als beten.«

In die Siebenuhrmesse in der Kosciol Swietego Aleksandra zu gehen, um sich dort zärtlich von ihr zu verabschieden, schien Hilliard ein zu keusches Ende ihres Abenteuers zu sein, und als er die Schlußlichter des Syrena am Ende der Marszalkowska wie zwei schwache rote Punkte hatte blinzeln sehen, stapfte er eilig durch den Schnee ins Hotel.

Die Streichholzschachtelsammler feierten im Restaurant immer noch den Samstagabend, aber Hippolyte verschaffte Hilliard einen Platz in der Bar und brachte ihm eine Flasche Zubrowka. *Pamietast Capri i nasze spotkanie?* sang der kleine kecke Geiger. Erinnerst du dich noch an das letzte Mal, als wir in Capri waren? Halina wirbelte in einem gelben Kleid vorüber, das einer Kaskade aus Mayonnaise glich, und blickte mit Augen so grau wie Zinn durch Hilliard hindurch. Wenn er auch fand, das sei

eine zu jämmerliche Belohnung für sein Schweigen über ihre Beteiligung an der Devisentransaktion, Hilliard hatte zu viele andere Sorgen, um lange darüber nachdenken zu können.
Würde das dysteleologische Irrationale ihn mit dem Verrat davonkommen lassen?
Würde Karminski Wort halten?
War der Admiral gerettet?
War es Wanda?
War es Hilliard?

ZWANZIGSTES KAPITEL

WÄHREND SEIN ELEKTRISCHER RASIERAPPARAT wie ein Staubsauger in der tiefen Sonntagmorgenstille surrte, brachte Hilliard der Anblick seines pergamentenen Gesichts in dem Spiegel zum Bewußtsein, wie närrisch es von ihm gewesen war, zu glauben, Wanda hätte sich je in ihn verlieben können. Wenn er auch noch nicht *listopad*, der Monat der fallenden Blätter war, so war er zumindest *pasdziernik*, der Monat der Flachsernte, und schon viel zu bejahrt für *kwiecion*, den Monat der ersten Blüte. Es war besser, sich mit Charlotte und ihrem rundlichen Körper abzufinden, als einem jener ausgemergelten Lüstlinge von sechzig zu gleichen, die mit Mannequins das Standesamt verließen.

Da immer noch kein Stöpsel an der Kette der Badewanne war, wusch er sich im Becken. Und das war vielleicht ganz gut so, denn nachdem er gepackt und dem Etagenmädchen, dem er seine Rechnung in Zlotys bezahlte, bewiesen hatte, daß sie nicht vom Schwarzen Markt stammten, gelang es ihm gerade noch, in die Halle hinunterzukommen, kurz ehe Wanda kam, um ihn zur Messe abzuholen. Sie war genauso komisch aufgemacht wie am Tage zuvor. Aber nicht nur eine Cedille, sondern ein dicker Tuff roten Haars lugte unter ihrem grünen, hastig aufgestülpten Hut hervor. An ihren geschwollenen Lidern sah Hilliard, daß sie geweint hatte – Pater Borowskis wegen, vermutete er, und nicht seiner eigenen Abreise wegen.

Draußen war es noch dunkel, doch es hatte aufgehört zu schneien, und als sie in die Hoza einbogen, begannen über der blaßblauen Straße die Glocken zu läuten. Der Plac Trzech Krzyzy wimmelte von Gläubigen, die durch den Schnee dahineilten, und als Wanda und Hilliard die Kirche betraten, war kein Platz mehr frei.

»Vergessen Sie nicht Pater Borowski«, sagte Wanda, als

sie sich auf den Steinfußboden kniete, zwischen einem Soldaten und einer alten Frau, deren Gesicht von so vielen Linien durchzogen war wie die Lufterkundungsaufnahme eines Verschiebebahnhofs. Hilliard vergaß es nicht und hoffte, Gott würde sich dies eine Mal von einem zweifelnden Philosophen anspornen lassen.

Ein wenig später verriet ihm ein fernes Klingeln, daß die Messe begonnen hatte, aber er sah nur hin und wieder am Altar grüne Seide aufleuchten. Während er die Seligkeit in den Gesichtern derer beobachtete, die um ihn herumstanden und ein unverständliches Kirchenlied mit lauter Stimme sangen, fragte sich Hilliard, ob Engländer eine kommunistische Regierung, die von sowjetischen Panzern gestützt wurde, zwingen könnten, den Protestantismus zu dulden, weil sie durchaus *Abide with me* singen wollten?

Aus der Aufmerksamkeit, mit der man ihn anhörte, schloß Hilliard, daß der Priester ein guter Redner war. Nachdem es von neuem geklingelt hatte, verneigte sich die grüne Seide, und die Hostie hob sich, diese kleine Zielscheibe für Liebe und Verrat.

Als sie wieder auf den Plac Trzech Krzyzy hinaustraten, hatte sich die blaßblaue Farbe des Schnees in eine heliotropene verwandelt und deutete damit den unvermeidlichen Anbruch eines neuen Tages an. Und Millionen Jahre altes Sternenlicht lag unwillig sterbend auf Wandas Nasenspitze.

»Der Waffenstillstand zwischen der Regierung und der Kirche ist offenbar vorüber, hat uns der Priester in seiner Predigt gesagt.« Ein erregter schwarzer Handschuh flog wie ein Rabe an Hilliards Gesicht vorüber und dann zu dem grünen Hut zurück, ließ ihn zur Seite rutschen, so daß eine weitere rote Haarsträhne sichtbar wurde. »Aber er sagte, wir dürfen die Regierung nicht zu sehr tadeln, da es in großem Maße unsere eigene Schuld sei. Er sagte, der heilige Augustinus habe die Christen gewarnt, daß, wenn sie nicht in den Osten zögen, um die Slawen zu bekehren, die Slawen eines Tages in den Westen kommen würden, um bekehrt zu werden.«

»Aber die Polen sind doch auch Slawen?«

»Nicht so wie es die Russen sind, und die Russen stehen hinter der Regierung. Und darum, sagte der Priester, sei es die Pflicht aller loyalen Polen, in Polen zu bleiben und die Regierung und die, die sie stützen, zu bekehren, wenn nicht durch Worte, so wenigstens durch das gute Beispiel. Deshalb ist es vielleicht nur gut, daß ich nicht Mrs. Antrobus-Potts werden muß.«

»Ich verstehe.« Aber Hilliard war sich darüber klar, daß Tugboat Annie von der heiligen Katharina von Siena überflutet worden war. Die Wahrheit – Hilliard hütete sich, ihr, in deren Gesicht sich ein neuer missionarischer Eifer spiegelte, das zu sagen – war schwer definierbar, und die Versklavten waren ebensowenig bereit wie die Freien, den Aspekt von ihr zu sehen, den die Empfänglichen gesehen hatten, was immer er auch sein mochte. Bei Massenbekehrungen war die Taufe unvermeidlich eine Volksbelustigung, und darum hatte Christi Kommen die Welt nicht viel freundlicher gemacht, als sie es vorher gewesen war.

»Glauben Sie immer noch, es sei nur ein allgemeiner Verdacht, den Karminski gegen das Kloster hegt?«

»Was kann es sonst sein?« Aber Hilliard begann jetzt zu zweifeln, ob er wirklich wünschte, daß Karminskis Mißtrauen gegen die Mönche nur vage sei: wenn Karminski nicht wußte, wer Sardine war, würde er vielleicht sein Wort brechen und Wanda verhören, und dann wäre es nur seine eigene Sicherheit und möglicherweise die des Admirals, die Hilliard sich mit seinem Verrat erkauft hatte.

Als sie in das Hotel zurückkamen, sah Hilliard seinen Koffer bereits in der Halle stehen. Er gab einem Hausdiener, der aussah, als könnte er ihn heruntergebracht haben, einen Geldschein und setzte sich dann neben Wanda auf ein kleines Sofa. Zwei amerikanische Streichholzschachtelsammlerinnen gingen, als die Glocken von neuem läuteten, entschlossen hinaus. Sie trugen Gebetbücher mit Lesezeichen darin, die so breit waren wie Lautenbänder.

»Wir werden in Verbindung bleiben, nicht wahr?« sagte Hilliard. »Wir werden uns von dem Eisernen Vorhang nicht trennen lassen.«

»Es sei denn, daß einer von uns das möchte.«

»Und du wirst glücklich sein – versprichst du's mir?«

»Ich verspreche dir, ich werde so glücklich sein, wie ich es in einem Lande vermag, wo die meisten anderen Menschen unglücklich sind.«

»Dein Unglücklichsein wird sie auch nicht glücklicher machen.«

»Es wird es, wenn ihr Unglück mich so unglücklich macht, daß ich alles tue, was ich kann, um ihnen zu helfen.«

Würde sie mit vierzig noch ebenso denken? fragte sich Hilliard. Je älter man wurde, desto weniger wagte man, das Bild zu sehen. Die Drehtür begann so herumzuwirbeln wie Gin in einem Cocktailshaker, und ein paar Sekunden später stand Karminski, den Hut in der Hand, vor ihnen.

»Ich freue mich zu sehen, daß Sie nicht heimlich verduftet sind«, sagte er zu Hilliard.

»Das wäre kaum möglich gewesen. Unter dreißig Millionen Menschen, die polnisch sprechen, fällt ein Mann, der es nicht tut, wie ein eiternder Daumen auf.«

»Aber vielleicht nicht ein Mann, der sagt, daß er nicht polnisch spricht, und in der Provinz Posen hätten Sie möglicherweise ein Etagenmädchen gefunden, das Sie gegen gute Bezahlung nicht verraten hätte.«

Hilliard versuchte geheimnisvoll zu lächeln. Karminski sollte glauben, daß Wanda und er miteinander geschlafen hatten. Spione schlichen sich nicht von Treueinseln davon, indem sie mit Mädchen zur Kirche gingen, und je mehr Karminski glaubte, Wanda sei leicht zu haben, desto weniger wahrscheinlich war es, daß er glauben würde, sie sei Sardine.

»Wenn sie will, kann Fräulein Zamoyska mit uns im Wagen zum Flughafen fahren. Ich werde mich vorn neben den Fahrer setzen, um nicht den Anstandswauwau zu spielen.«

Hilliard bedauerte, als Wanda den Vorschlag annahm: ihr Abschied würde so schmerzlich werden, daß es ihm lieber gewesen wäre, ihn schon hinter sich zu haben. Auf dem Wege zur Tür stolperte sie über eine Matte, und als sie ihr Gleichgewicht wiedererlangte und ihn komisch anlächelte, wußte er, daß er sie bis zu seinem Tode immer so vor sich sehen würde, mit der Uhr über ihrem grünen Hut, auf der es achtundzwanzig Minuten vor neun war, und der erleuchteten Straßenbahn auf der Marszalkowska draußen, die wie eine mit Bergkristallen gefüllte Grand-Marnier-Flasche schimmerte.

»Auf Wiedersehn und guten Heimflug«, sagte der Stiefelputzer, der wie Pilsudski aussah, als Hilliard ihm alle Zlotynoten, die er noch besaß, bis auf ein paar Zehn-Zloty-Scheine gegeben hatte, die er für den Gepäckträger auf dem Flughafen behielt.

Der Wagen hatte die Form eines Katafalks, und der Fahrer war ein Polizist mit einem Gesicht, das so undurchdringlich war wie ein Wasserfall oder ein Partizip in der Vergangenheitsform. Obwohl Karminski vorn saß, wie er es versprochen hatte, wagte Hilliard nicht, etwas zu sagen, weil er fürchtete, es könnte irgendwo ein Mikrophon versteckt sein, sondern streichelte nur Wandas Finger, die in einem dicken Pelzhandschuh steckten. Aber als die Arbei-

terhäuser auftauchten und sich von dem roten Himmel wie ein interplanetarisches Pissoir oder eine moderne Kathedrale abhoben, ließ er die Vorsicht fahren und sagte:
»Ich glaube, ich liebe dich mehr, als ich je jemanden in meinem Leben geliebt habe.«
»Und wie viele dunkle Nächte der Seele ich werde erleben müssen, um die Slawen zu bekehren, ich werde dich auch immer lieben.«
Da erkannte Hilliard, wie sehr er sich geirrt hatte. Wandas Zuneigung zu ihm war so echt wie ihre Besorgnis um Pater Borowski, die nur zeitweise ihre Liebe überschattet hatte. Zwanzig war das Alter, in dem ein Mädchen glauben konnte, die Liebe währe ewig, selbst die Liebe zu einem Mann, der so alt war, daß er ihr Vater sein konnte. Mit zwanzig wußte man nicht, daß die Jahre die Seele ebenso grausam anfressen wie den Körper, und daß am Ende die einzigen Menschen, die keinen Verrat begingen, die Heiligen waren.
»Jeden Abend um acht Uhr werde ich dir einen Gedanken senden«, sagte Wanda. »Und du wirst mir auch einen senden. Du mußt dabei natürlich den Zeitunterschied beachten. Wir sind euch, glaube ich, im Winter eine Stunde voraus. Aber vielleicht ist es sicherer, wenn du es nachprüfst.«
»Das werde ich nicht brauchen. Ich werde im Sommer und im Winter den ganzen Tag an dich denken.«
»Und wir müssen beide tapfer sein, wenn wir uns auf dem Flughafen voneinander verabschieden.«
Aber als die Zeit kam und Karminski ihm sagte, daß Wanda vor der Barriere bleiben müsse, waren Hilliards Augen so von Tränen verschleiert, daß er ihr Gesicht nicht sehen konnte.
»Gott segne dich, Kind.« Er küßte sie auf beide Wangen und dann auf die Lippen. »Gott segne dich und behüte dich immer.«

»Gott segne dich auch, Haroldek. Und jetzt wollen wir uns beide nicht mehr umsehen.«

Aber Hilliard tat es doch. Das letzte, was er von ihr sah, war ihr grüner Hut, der hüpfend zwischen den immer noch durch die Tür hereinströmenden Menschen verschwand.

»Alles Schlechte hat auch sein Gutes«, sagte Karminski, als sie durch den Zoll hindurchgegangen waren und zwischen Reisenden, die Kuchen aus Papiertüten verschlangen, im Warteraum saßen. »Das Alter kann sie nicht alt machen, wie Ihr Dichter sagt. Und darum wird sie für Sie immer ein bezauberndes junges Wesen bleiben.« Er zog einen gelben Umschlag aus seiner Tasche und reichte ihn Hilliard. »Hier sind Ihre Dollars und Pfunde und die Liste der polnischen Monate, die Ihre Freundin Ihnen aufgeschrieben hat. Zählen Sie das Geld, wenn Sie wollen. Ich habe ein dickes Fell.«

»Danke, das ist nicht nötig.«

Hilliard steckte den Umschlag ein, ohne ihn zu öffnen. Wenn Halina ihn nicht betrogen hatte, warum sollte es dann Karminski tun?

»Ich hoffe, Sie werden nicht wütend auf mich, wenn ich Ihnen sage, daß ich Sie gestern abend ein wenig hinters Licht geführt habe. Als ich erfuhr, daß Ihr Badewannenstöpsel nicht ersetzt worden war, wußte ich, daß der angebliche Klempner und nicht Fräulein Zamoyska Sardine war. Wenn ich etwas früher daran gedacht hätte, die Kette prüfen zu lassen, hätte ich mir vielleicht eine Menge Mühe erspart.«

»Sie meinen wohl, Sie hätten sie Wildente erspart?« Aber Hilliard war nur halb mit seinen Gedanken dabei. Wen hatte Karminski geschickt, um die Kette zu prüfen? Hippolyte natürlich. Hippolyte, da lag der Hund begraben. Hippolyte, der Lohndiener auf dem Empfang in der englischen Botschaft. Hippolyte, der Besucher der ruhmreichen Toten auf dem Powazki Militärfriedhof. Hippolyte, der das Weihrauchfaß in Klock schwang. Solche Allgegenwärtigkeit zur rechten Zeit konnte nur geplant gewesen sein. Hippolyte war offenbar in die Botschaft eingeschleust worden, um den Botschafter zu belauern, so wie er sich in das Kloster eingeschmuggelt hatte, um die Mönche zu belauern, und man hatte Hilliard durch ihn von dem Augenblick seiner Ankunft in Warschau an beobachten lassen. Obwohl es nur Zufall gewesen sein konnte, daß seine ersten beiden Aufträge ihm bei seinem dritten geholfen hatten, war Hippolyte ebenso schlau gewesen wie Hilliard blöde gewesen war.

Als der klassische Köder eines Seit-Oktober-Mädchens Hilliard nicht hatte anbeißen lassen, hatte Hippolyte statt dessen sich Hilliards Versuch, seine überzähligen Zlotys umzutauschen, zunutze gemacht. Das plötzliche Ausgehen des elektrischen Lichts im Manekin war kein Theater gewesen. Halina war nicht verhaftet worden, weil sie ein Köder gewesen war, Karminski hatte nur so getan, als glaube er, das Tauschgeschäft sei umgekehrt vor sich gegangen, und hatte die absurde Gehaltszahlung nur in der Hoffnung erwähnt, daß Hilliard Wanda dadurch entlasten werde, daß er verriet, wer Sardine war. Das Verschwinden des Admirals und des chinesischen Botschafters von dem Empfang in der englischen Botschaft; der Brief, den Pater Borowski Hilliard gegeben hatte, damit er ihn in England abschicke – in beiden Fällen mußte Karminskis Informationsquelle Hippolyte gewesen sein. Und sicherlich nur, weil der Verkehrsschutzmann ihn aufgehalten hatte, war Hippolyte zu spät auf den Powazki Militärfriedhof gekommen, um Hilliard im Gespräch mit Sardine zu entdecken, aber das hatte schließlich auch keine Rolle gespielt. Denn wenn Pater Borowski noch nicht nach Warschau gebracht und von Karminski als der Klempner, der den Stöpsel hatte anbringen sollen, identifiziert worden war, so würde das in den nächsten Stunden geschehen – Hippolyte konnte nicht Hilliards verblüffter Blick entgangen sein, als er den Priester in der Sakristei erkannt hatte, und auch nicht das erregte Kopfschütteln, mit dem der Priester darauf reagierte. Pater Borowski saß jetzt in der Falle, und das war zum großen Teil Hilliards Schuld. Selbst wenn Hilliard geglaubt hatte, Wanda hinsichtlich des fehlenden Badewannenstöpsels belügen zu müssen, um sie nicht zu kränken, hätte er, da Karminski jeden Augenblick erscheinen konnte, so vorsichtig sein und den englisch sprechenden Portier bitten müssen, dafür zu sorgen, daß der Stöpsel ersetzt wurde.

»*Pasazerowie de Moskwy proszeni sa do samoluto*«, schnarrte ein Lautsprecher.

»Moskau«, übersetzte Karminski, als die meisten der Kuchenesser sich erhoben und zur Tür stürzten. »Das war ein weiterer Grund, warum ich mitgekommen bin. Sie sind nicht der Mensch, den wir gern in die falsche Kiste steigen sehen möchten.«

»Selbst wenn ich das täte, würde ich wohl nicht sehr weit kommen, da ich kein Visum habe.«

»Da haben Sie recht. Für einen gerissenen Spion gibt es vielleicht immer Mittel und Wege, aber ich glaube nicht, daß Sie dafür gerissen genug sind. Da wir noch Zeit haben, möchte ich Ihnen noch etwas sagen. Lassen Sie sich wegen des Admirals den Schlaf nicht stören. Er wird nie erfahren, daß Sie mir seinen Brief gezeigt haben.«

»Das sagen Sie, aber wie soll ich wissen, ob Sie mich nicht hinsichtlich des Admirals ebenso hinters Licht führen, wie Sie mich hinsichtlich Fräulein Zamoyskas hinters Licht geführt haben? Wie soll ich wissen, daß es nicht Ihre Absicht ist, den Admiral zu verhaften, sobald ich weg bin?«

»Habe ich nicht all die anderen Versprechen gehalten, die ich Ihnen gemacht habe? Ich habe Ihnen Ihre Pfunde und

Dollars zurückgegeben und habe Ihnen erlaubt, ins Merry Old England zurückzukehren, obwohl ich weiß, daß Sie Walfisch sind. Ihre Vorgesetzten werden nur dann hinter unseren Pakt kommen, wenn *Sie Ihr* mir gegebenes Versprechen nicht halten und den Brief des Admirals nicht in den Kasten stecken. Ihr Botschafter wird von Ihrer Ausweisung nicht in Kenntnis gesetzt werden, und Ihrem Verleger wird man sagen, Sie hätten Hals über Kopf abreisen müssen, weil Sie von zu Hause die Nachricht bekommen hätten, Ihre Frau sei erkrankt.«

»Sie denken an alles, nicht wahr?«

»Man würde mir den Kopf abhacken, wenn ich es nicht täte.«

Hilliard fürchtete zu sehr, Näheres über das Geheimnis zu erfahren, das er verraten hatte, um zu wagen, noch weitere Fragen zu stellen.

»*Pasazerowie do Londynu i Berlina proszeni sa do samolotu.*«

»Diesmal ist es Ihr Flugzeug«, sagte Karminski, während er sich erhob. »Reichen wir uns zum Abschied die Hand, oder nicht?«

»Nein, ich glaube, besser nicht«, erwiderte Hilliard, und er folgte den anderen Passagieren.

EINUNDZWANZIGSTES KAPITEL

KAUM WAR DAS FLUGZEUG VON OST-BERLIN wieder aufgestiegen, da verteilte die Stewardeß Exemplare des *London Bugle* vom Abend zuvor. Was er dort las, überzeugte Hilliard davon, daß nicht nur für ihn selbst die Tage sich neigten, und daß Wanda ihre dunklen Nächte der Seele den Sachsen und nicht den Slawen weihen mußte. Er hatte keine Gewissensbisse mehr: ein Land, das Industriekapitänen und Teenagern erlaubte, über den Gebeinen toter Soldaten aus zwei Generationen zu hopsen, hatte jeden Treueanspruch verwirkt. Hätte er nicht Wanda verloren und sich Pater Borowskis wegen Sorgen gemacht, hätte er vielleicht sogar seine zweite verräterische Tat mit Vergnügen betrachtet.

Während er in der Schlange auf dem Londoner Flughafen auf die Paßkontrolle wartete, kam ein junger Mann, der aussah wie aus einer Reklame für *Terrylene* herausspaziert, auf ihn zu und fragte: »Sie sind Professor Hilliard?«

»Wer sonst?« Würde der Prophet endlich in seinem eigenen Lande geehrt und über das dysteleologische Irrationale in den Zeitungen auf der gleichen Seite wie über Geschwüre von Filmstars berichtet werden?

»Dann muß ich Sie leider bitten, so freundlich zu sein und mit mir zu kommen.«

»Weswegen?« Hilliard konnte das Zittern seiner Stimme hören. Karminski hatte schließlich doch sein Wort gebrochen und den englischen Botschafter von seiner Ausweisung in Kenntnis gesetzt.

»Das wird mein Herr und Meister Ihnen morgen früh sagen. Aber ich kann Ihnen, glaube ich, versprechen, daß Sie bis dahin sehr behaglich untergebracht werden. Ich weiß natürlich, das alles klingt ziemlich undurchsichtig, aber ich habe nicht genug Gewehre bei mir, um mich deutlicher auszudrücken.«

Gewehre? Nur jene, die andere dafür bezahlten, daß sie sie trugen, sprachen so: die Hauptleute der Besoldungskompanien und ihre sogar noch schwächlicheren Vorgesetzten in Whitehall. Die Beflissenheit, mit der der Zollbeamte die Instruktionen des jungen Mannes befolgte, einem Gepäckträger zu erlauben, Hilliards Koffer, ohne daß er vorher untersucht wurde, wegzutragen, machte es Hilliard klar, daß er es mit M. I. 5 zu tun hatte. Der glänzende schwarze Wagen, der draußen wartete, trug den Stempel des Spionagedienstes so beredsam wie eine Aufforderung zur Einkommensteuerzahlung. Nur daß kein Polizist mit Handschellen zugegen war, ließ ihn hoffen, daß Karminski dem Botschafter nichts von dem Brief des Admirals gesagt hatte, und daß Hilliard nur darüber verhört werden würde, wie es dazu gekommen war, daß man ihn irrtümlich für Walfisch hielt. Aber als der Wagen so leise wie ein Kanu dahinglitt und der junge Mann, der neben ihm saß, nichts sagte, wurde Hilliard immer unbehaglicher zumute. Seit den Fällen Lonsdale und Blake war der Geheimdienst besonders wachsam. Konnten nicht Karminski und Wildente polnische Agenten sein, die britische Agenten geworden waren und die die Loyalität anderer britischer Agenten im Ausland auf die Probe stellen sollten? Walfisch oder nicht Walfisch, Hilliard war immer noch britischer Untertan, und den Brief eines britischen Agenten einem mutmaßlichen polnischen Agenten gezeigt zu haben, war zumindest in der Absicht eine verräterische Tat. Lonsdale hatte vierundzwanzig Jahre bekommen und Blake zweiundvierzig, und ihre Gesuche um Strafnachlaß waren abgelehnt worden. Wieviel würde man einem Professor der Logik und Metaphysik, der so feige war, daß er sich nicht wie der britische Agent benommen hatte, für den er gehalten worden war, aufbrummen? Fünf Jahre? Fünf Monate würden mehr als genug sein, wenn alles, was in den

Sonntagszeitungen über das Schlagen Gefangener stand, wahr war.

Eins zumindest war gewiß: wessen immer auch man ihn beschuldigen würde, wenn man den Brief des Admirals in seinem Besitz fand, würde das für ihn verhängnisvoll sein. Um zu verhindern, daß er ihn versehentlich mit seinem Paß herauszog, trug er ihn in der rechten Seitentasche seiner Jacke. Der junge Mann saß zu seiner Linken. Vorausgesetzt, daß seine Bewegungen unauffällig waren, konnte er vielleicht den Brief in den Spalt unter dem Fenster gleiten lassen, wie er es in dem Syrena getan hatte, als Wanda und er außerhalb von Thorn verhaftet worden waren. Wenn er das fertigbrachte, würde man den Brief nie finden, nicht einmal, wenn der Wagen auf den Autofriedhof gebracht würde, um ausgeschlachtet zu werden. Und bis dahin hätten die Spürhunde wahrscheinlich vergessen, daß Hilliard jemals in dem Wagen gefahren war.

»Ich finde, diese scheußlichen kleinen gelben und hellblauen Türen gehen einem recht auf die Nerven. Geht es Ihnen nicht auch so?« Der junge Mann deutete auf die häßlichen Einfamilienhäuser, die wie aneinandergereihte Dinosaurier-Exkremente vorüberglitten.

»Ein auf dem Telefonbuch liegendes Exemplar von *Abstieg und Verfall* würde ein überzeugenderes Symbol sein, meinen Sie nicht auch?«

»Die einzige Originalität, die heutzutage geduldet wird, ist ihr Spiegelbild.« Mit zwei Bewegungen würde er es schaffen: erst den Brief aus der Tasche ziehen und ihn dann in den Spalt schieben.

»Ich stimme da vollkommen mit Ihnen überein. Wenn der Dean Maggie mit einem Nachttopf auf dem Kopf durch St. Paul fahren würde, würden alle Mädchen mit Nachttöpfen auf dem Kopf beim Rennen in Ascott erscheinen. Hören Sie, Professor Hilliard, ich hasse es, die Initiative im Keim zu ersticken, aber meine rechte Hand ist in mei-

ner rechten Seitentasche, und wenn Sie weiter versuchen, Ihre rechte Hand in Ihre rechte Seitentasche zu stecken, werde ich gezwungen sein, das zu tun, was wir ein unvermeidliches Eingreifen nennen. Als ich sagte, ich hätte nicht genügend Gewehre bei mir, war das nur bildlich gemeint.«
Nach diesen drohenden Worten erwartete Hilliard, die Augen verbunden zu bekommen, sobald sie die Außenbezirke von London erreichten, aber offenbar verschmähte M. I. 5 die geheimen Methoden, die seine Gegenspieler in Warschau anwandten. Der Wagen fuhr geradenwegs auf einen Wohnblock in der Nähe des Manchester Square zu, in dem Hilliard in eine Wohnung im dritten Stock, die so unpersönlich wirkte wie ein Gericht Rosenkohl, geführt wurde.
»Die Frage ist: muß ich Sie durchsuchen, oder rücken Sie alles freiwillig heraus?« fragte der junge Mann, als der Chauffeur Hilliards Koffer in die Diele gestellt hatte und gegangen war.
»Ich besorge das natürlich selber.« Zum erstenmal in seinem Leben war Hilliard Charlotte dankbar, daß sie ihn dauernd getriezt hatte, nichts in seine Seitentaschen zu stecken, das sie ausbeuteln könnte. Paß, Flugscheinheft, Brieftasche und Karminskis Umschlag waren in seiner Brusttasche, und er reichte das alles dem jungen Mann und fügte, als ihm das einfiel, noch sein Taschentuch hinzu.
»Die ausländischen Devisen gehen eigentlich nur das Finanzministerium an, aber ich vermute, Sie hatten die Absicht, all diese hübschen kleinen Dollars auf einer dazu autorisierten Bank in Pfunde umzutauschen.«
»Ich hatte sie und habe sie.«
»Haben Sie noch etwas, das mich verlegen machen würde, wenn ich die Nase hineinsteckte?«
»Nichts.«

»Sind Sie dessen sicher? Was ist mit dem Revolver, mit dem Sie es sich ermöglichen wollten, am Sonntagmorgen im Bett ungestört *The News of the World* lesen zu können?«

»Ich habe keinen Revolver.«

»Keinen Revolver? Dann müssen Sie eine Pfeife haben. Selbst im Anti-Roman kann der Anti-Held es sich nicht leisten, den Anti-Polizisten zu bedrohen, wenn er nicht einen Revolver oder eine Pfeife hat.« Die Hände des jungen Mannes griffen in Hilliards Seitentaschen und kamen wieder zum Vorschein, während er das sagte. Und in der einen von ihnen war der Brief des Admirals. »›Leiter des Marinegeheimdienstes‹ – das ist beruhigend: ich wußte nicht, daß der Mann lesen konnte.«

»Sie werden jetzt natürlich das Schlimmste von mir glauben, und ich kann Ihnen das nicht einmal verübeln.«

»Glauben oder nicht glauben ist Sache meines Herrn und Meisters. Normalerweise hätte er Sie gleich empfangen, aber da heute Sonntag ist und er Gott in einer dieser grünen Kathedralen mit achtzehn Löchern anbetet, fürchte ich, werden Sie sich bis morgen früh mit meiner Gesellschaft begnügen müssen. Zum Glück ist hier genug Lesestoff: *Religio Medici*, die *Anatomie der Melancholie*, *Auf der Suche nach der verlorenen Zeit*, und im Eisschrank das Damenadreßbuch – *video meliora, proboque: deterira sequor*, und wenn ich mit der häßlichen Aufgabe fertig bin, werde ich sehen, ob ich etwas Fisch und Chips für Sie auftreiben kann.«

Nach einer schlaflosen Nacht, die er in dem gleichen Zimmer wie der junge Mann verbracht hatte, und einem Frühstück, das er kaum angerührt hatte, wurde Hilliard am nächsten Morgen in ein Büro geführt, in dem ein Mann mittleren Alters mit einem Kahlkopf und herausquellenden Augen, die an pochierte Eier denken ließen, allein an einem Schreibtisch saß. Auf der Schreibtischplatte lagen wie Wäsche, die darauf wartet, gebügelt zu werden, Hilliards Paß, Flugscheinheft, Brieftasche, Pfund- und Dollarnoten, Wandas Liste der polnischen Monate, zwei Zeitungen und der aufgeschnittene Brief des Admirals.

»Ich bitte Sie für alle Unannehmlichkeiten, die wir Ihnen vielleicht bereitet haben, um Entschuldigung, Professor Hilliard. Aber heutzutage, da selbst Leute in hohen Stellungen abtrünnig werden, sehen wir uns leider gezwungen, alle prominenten Personen, die unsere westliche Lebensart, während sie im Ausland waren, heruntergemacht haben, gleich nach ihrer Rückkehr nach England zu vernehmen.« Kahlkopf nahm eine der Zeitungen so in die Hand, daß Hilliard den Namen *Polska Prawda* lesen konnte. »Obwohl wir uns nicht in das Recht unserer Intellektuellen einmischen wollen, ihre politischen Ansichten zu äußern, halten wir es doch für unsere Pflicht, sie darauf hinzuweisen, daß, wenn sie das in potentiell feindlichen Ländern tun, sie damit klipp und klar beweisen, daß sie nicht fähig sind, sie irgendwo zu äußern.«

»Sie haben das alles falsch verstanden, Sir«, sagte Hilliard und fragte sich, wie er sich aus der Affäre ziehen sollte, wenn Kahlkopf auf den Brief des Admirals zu sprechen kam.

»Ich bin kein Kommunist, und ich habe auch nicht die geringste Absicht, je einer zu werden. Der Grund, warum ich mich so abfällig geäußert habe, war, daß der britische Botschafter und die Beamten vom British Council sich heuchlerische Entschuldigungen ausgedacht hatten, um meinem Vortrag nicht beiwohnen zu müssen, den zu halten ich nach Warschau eingeladen worden war.«

»Wie unhöflich man sich von offizieller Seite Ihnen gegenüber auch verhalten hat, Sie waren kaum berechtigt, öffentlich den von Burgess und MacLean begangenen Verrat zu loben. Wissen Sie, Professor Hilliard, nach all dem, was wir in der letzten Zeit erlebt haben, sind es die geheimen Bekehrungen, vor denen wir am meisten auf der Hut sein müssen, und darum hat Sie Mr. Worthington-Truscott am Flughafen abgeholt und geradenwegs in diese Wohnung gebracht. Wenn nichts Kompromittierendes bei Ihnen gefunden worden wäre, hätte ich mich mit einer Ermahnung begnügt, und die Sache wäre damit erledigt gewesen. Leider aber...« Die herausquellenden Augen blickten so plötzlich auf das Bündel Banknoten, daß es aussah, als ob sie jeden Augenblick aus ihren Höhlen herausfallen und wie Billardkugeln über den Tisch rollen würden. »Diese Dollars und diese Pfunde, Professor Hilliard – wie sind Sie in den Besitz von so viel Geld gekommen?«

»Ich habe die Zloty-Honorare, die mir mein polnischer Verleger in Warschau gezahlt hat, illegal umgewechselt – das heißt, in Polen ist das illegal.« Diese zerknitterte Weste, dieser Homburg voller Regenflecke, der wie eine brütende Henne auf dem Hutständer hockte, war das die Amtstracht der Schuftigkeit?

»Und bei wem haben Sie das Geld illegal umgewechselt?«

»Bei einem Mädchen in einer Bar. Sie finden die Berechnung auf der Rückseite jener Liste der Monate auf polnisch, die Sie dort liegen haben.«

»Vielen Dank. Ich habe sie bereits gesehen.« Die Billardkugeln schossen so heftig auf den Brief des Admirals zu, daß Hilliard geradezu das Klicken zu hören glaubte. »Und dieser an den Leiter des Marinegeheimdienstes adressierte Brief – wie sind Sie an den gekommen?«

»Admiral Sir David Doddick wohnte in Warschau im gleichen Hotel wie ich, und er bat mich, den Brief nach meiner Rückkehr nach England für ihn abzuschicken, da er sagte, er müsse noch nach Krakau und Czenstochau fahren und wolle ihn nicht gern in Polen abschicken, wo er von der Zensur geöffnet werden könnte. Er war dort zu einer internationalen Tagung der Streichholzschachtelsammler, und ich bin ihm mehrmals im Restaurant und in Bars begegnet.«

»Und wo hat Ihnen der Admiral den Brief gegeben – in einem Restaurant oder in einer Bar?«

»In keinem von beiden. In der Sakristei eines Klosters in einem Ort namens Klock.«

»Dann sind Sie dem Admiral also nicht nur in Restaurants und Bars begegnet, sondern in Restaurants, Bars und Sakristeien.«

»Und auf einem Friedhof.«

»Dann wollen wir Ihre Aussage berichtigen: während Sie in Polen waren, sind Sie Admiral Sir David Doddick in Restaurants, Bars, Sakristeien und auf Friedhöfen begegnet. Und in einer der Sakristeien hat er Ihnen einen an den Leiter des Marinegeheimdienstes adressierten Brief gegeben, mit der Bitte, ihn, sobald Sie nach England zurückkehrten, für ihn abzuschicken.«

»Ich bin dem Admiral nur in einem Restaurant, einer Bar, einer Sakristei und auf einem Friedhof begegnet.«

»Sie haben Bar im Plural gesagt, wenn ich mich recht erinnere.«

»Ich habe das verallgemeinert.«

»Warum haben Sie dann nicht auch Restaurants, Sakristeien und Friedhöfe gesagt?«

»Weil sich eine Bar gleich neben dem Hotelrestaurant befand, so daß man fast sagen konnte, sie bilde einen Teil von ihm, und weil ich dem Admiral außerdem noch in einer anderen Bar begegnet bin.«

»Ich verstehe. Aber eine Sakristei und ein Friedhof können wohl kaum wie eine Bar dem Hotelrestaurant angeschlossen gewesen sein.« Wenn Kahlkopf scherzte, dann verriet sein Gesichtsausdruck nichts davon, und Hilliard wurde sich bewußt, daß er nur dann hoffen könnte, dem

Gefängnis zu entgehen, wenn er Kahlkopf so viel wie möglich von der Wahrheit sagte.
So berichtete Hilliard von seinen Mißgeschicken: die Verwechslung des Koffers und des Mantels, die Karminski und seinen Freund Wildente hatten glauben lassen, er sei ein britischer Agent namens Walfisch; die Durchsuchung seines Gepäcks gleich nach seiner Ankunft in Warschau; Wandas erfolgloser Versuch, durch Telepathie zu erreichen, daß der fehlende Badewannenstöpsel ersetzt wurde; Halinas Angebot, ihm Dollars und Pfunde für die Zloty-Honorare, die er nicht ausgeben konnte, zu geben; MacOgg und seine Hemden; Sardines Besuch, und daß er Karminski vorgespielt hatte, Klempner zu sein; seine zweite Begegnung mit Sardine auf dem Friedhof; sein Gespräch mit dem englischen Botschafter und die Deutung, die Karminski dem Weggehen des Admirals von dem Empfang in Begleitung des chinesischen Botschafters gegeben hatte; daß die Polizei im Manekin ihm die Dollars und Pfunde abgenommen und daß Karminski behauptet hatte, Hilliard habe versucht, sie in Zlotys umzutauschen, um Wanda ihr Gehalt als Spionin in Zlotys zahlen zu können; sein Besuch in dem Kloster mit Wanda und sein Erstaunen, als er entdeckte, daß Sardine Pater Borowski war; die Briefe, die ihm Pater Borowski und der Admiral gegeben hatten, damit er sie in England abschickte; Wildentes Erscheinen in Drusk und Klock; Pater Borowskis Plan, Wanda und Hilliard durch Sardelle als Mr. und Mrs. Antrobus-Potts nach England schmuggeln zu lassen; daß ihm die Bedeutung von Hippolytes Allgegenwärtigkeit nicht aufgegangen war; die Verhaftung außerhalb von Thorn und die Rückfahrt nach Warschau.
Kahlkopf hörte sich die ganze Geschichte stumm an, bis Hilliard zu seinem letzten Verhör durch Karminski kam.

»Und Sie konnten natürlich nicht verhindern, daß er beide Briefe bei Ihnen fand, als er Sie durchsuchte?«

»Ich habe nicht einmal versucht, ihn daran zu hindern, Pater Borowskis Brief zu finden. Ich habe ihn ihm sogar freiwillig gegeben. Pater Borowski hatte mir gesagt, es seien nur unbenutzte Briefmarken darin, und ich wollte Karminski täuschen, wenn ich es konnte.«

»Wie konnten Sie sicher sein, daß Pater Borowski Ihnen die Wahrheit gesagt hatte? Wieso wußten Sie, daß keine top-secret-Nachricht darin war?«

»Aus dem einfachen Grunde, weil ich mir die Mühe gemacht hatte, es nachzuprüfen. Ein wie ich Verdächtigter konnte es sich nicht leisten, etwas Belastendes bei sich zu tragen, wenn er verhaftet wurde, und darum bin ich, bevor ich Thorn verließ, auf die Toilette gegangen und habe den Umschlag mit der Spitze meines Kugelschreibers geöffnet. Als ich sah, daß er nur Marken enthielt, habe ich ihn wieder zugeklebt.«

»Und der Brief des Admirals? Haben Sie den auch geöffnet? Und hielten Sie die Adresse nicht für belastend genug?«

»Ja, ich wollte den Brief öffnen, um sicher zu gehen, aber als ich gerade dabei war, klopfte jemand an die Tür der Toilette, und so warf ich ihn in das W. C. und zog an der Kette, aber leider funktionierte die Wasserspülung nicht richtig, und ich mußte den Brief wieder herausfischen und in meine Tasche stecken.«

»Die Toiletten auf dem Kontinent neigen dazu, sich manchmal ungehörig zu benehmen.«

»Aber es war nicht Wildente, wie ich es natürlich fürchtete, sondern nur der Kellner, der mir sagen wollte, daß ich aus Versehen statt in *Meski* in *Damski* gegangen sei, denn anstatt *Meski* und *Damski* stand dort *Dla* oder so etwas.«

»Wir haben einmal auf diese Weise einen Agenten in Budapest verloren: in Ungarn ist der einzige Unterschied ein Trema.«

»Als wir dann so plötzlich verhaftet wurden, fiel mir nichts anderes ein, als den Brief in den Spalt unter dem Fenster zu versenken, ehe die Polizisten uns aus dem Wagen gezerrt und dann auf den Rücksitz geschoben hatten.«

»Das war sehr findig von Ihnen. Aber wie ist dann der Brief immer noch in Ihrem Besitz?«

Hilliard berichtete darauf Kahlkopf von Wandas Versuch, Wildente glauben zu machen, daß nur der Admiral Hilliard einen Brief gegeben hatte, damit er ihn in England abschicke; von Wildentes Telefongespräch mit Karminski, in dem er ihn darüber informierte; von dem zweiten Versagen von Wandas Telepathie, und wie er steif und fest behauptet hatte, nur der Priester habe ihm einen Brief gegeben; von der Brutalität, mit der er durchsucht worden war, und Karminskis Drohung, er werde gefoltert, wenn er nicht verrate, wo er den Brief des Admirals versteckt habe.«

»Und so haben Sie es ihm natürlich verraten?«

Der Augenblick war gekommen, da Hilliard nicht mehr die Wahrheit sagen konnte. Aber so sehr diese ihn wie Scheinwerfer durchbohrenden Augen ihm auch das Gefühl gaben, er sei aus Glas, und Kahlkopf könne die in seinem Bauch erstarrten Lügen lesen, er durfte sich nicht dadurch verlocken lassen, zu gestehen, daß er Verrat begangen hatte.

»Nein, Sir, das habe ich nicht getan. Ob ich es schließlich doch hätte tun sollen, weiß ich ehrlich gesagt nicht, denn zum Glück bin ich nicht auf die Probe gestellt worden. Als Karminski sagte, er gebe mir fünf Minuten Bedenkzeit, kam ein Polizist, der den Syrena genau durchsucht hatte, mit dem Brief herein und reichte ihn Karminski.«

»Ein Deus ex machina in der Tat! Aber wie kommt es dann, daß Sie trotzdem mit all dem Geld jetzt wieder in England sind?« Die herausquellenden Augen starrten wie Vergrößerungsgläser auf die Dollar- und Pfundnoten. »Karminski war doch immer noch davon überzeugt, Sie seien Walfisch, nicht wahr?«

»Aber ein mutiger Walfisch, Sir – so wenigstens hat es Karminski ausgedrückt. Er sagte, daß, da er selber Spion sei, er bei einem anderen Spion Mut zu schätzen wisse. Eine Übertreibung vielleicht, denn wie ich bereits gesagt habe, ich bin nicht ganz sicher, ob ich meinem Vorsatz treu geblieben wäre, wenn man mich der ›Behandlung‹, wie man das, glaube ich, nennt, unterzogen hätte. Jedenfalls hat er nicht nur gesagt, er werde mich zurückfliegen lassen und mir mein Geld wiedergeben, sondern er hat mir auch versprochen, nichts gegen Fräulein Zamoyska oder den Admiral zu unternehmen. In Wirklichkeit hat er mich natürlich ausgewiesen, da mein Visum noch fünf Tage galt, und außerdem kam er selber mit zum Flughafen, um sicher zu sein, daß ich nicht versuchte, das Flugzeug nicht zu benutzen.« Hilliard bemühte sich zu glauben, daß diese Entstellung der Tatsachen nicht viel unglaubwürdiger klang als die Wahrheit.

»Sie auszuweisen, war eine freundliche Geste Worthington-Truscott gegenüber. Sie haben keine Ahnung, wie satt es der arme Kerl hatte, jedesmal, wenn eine Lotmaschine eintraf, auf dem Flughafen erscheinen zu müssen. Wir wußten nämlich, daß Sie nicht mit der BEA flogen, und es ging gegen unsere Methode, bei der *Polski Linie Lotnicze* nachzufragen, für wann Sie Ihren Rückflug gebucht hatten. Aber wir wollen nicht abschweifen.« Die Vergrößerungsgläser waren die scharfen Linsen eines Teleskops geworden, die er so eingestellt hatte, daß er die Ausflüchte, die aus Hilliards Mund kamen, kritisch mustern und wie Ziegelsteine zermahlen konnte.

»Haben Sie sich gar keine Gedanken darüber gemacht, daß Sie Fräulein Zamoyska dort ließen? Wie konnten Sie sicher sein, daß Karminski nicht sein Wort brechen und sie, sobald Sie weg waren, verhaften würde?«

»Ich konnte es nicht, Sir – bis Karminski mir auf dem Flughafen sagte, er habe herausbekommen, daß mein Badewannenstöpsel nicht ersetzt worden sei, und da brauchte ich mir Fräulein Zamoyskas wegen keine Sorgen mehr zu machen, wohl aber Pater Borowskis wegen.«

»Und der Admiral, machten Sie sich seinetwegen keine Gewissensbisse?«

»Viele, Sir. Aber ich vermochte nicht das geringste zu tun. Der Admiral hatte mir nicht gesagt, wann er nach Krakau oder Czenstochau fahren, oder welche von den beiden Städten er zuerst besuchen würde, aber selbst wenn ich gewußt hätte, daß er noch in Klock war, hätte ich es nicht riskieren können, ihn anzurufen, weil die Leitung überwacht sein konnte, und wenn ich ihm geschrieben hätte, wäre das noch gefährlicher gewesen. Wäre ich selber ins Gefängnis gegangen, hätte ihm das auch nichts geholfen, denn wenn Karminski wirklich vorhatte, ihn zu verhaften, hätte er das getan, ob ich eingesperrt war oder nicht.«

»Und der Brief von ihm? Was sollten Sie mit ihm tun? Ihn hier in den Kasten werfen, als wäre nichts geschehen?«

»Das war gewiß Karminskis Gedanke, aber ich kann Ihnen versichern, meiner war es nicht. Wenn die Umstände mich nicht daran gehindert hätten, wäre ich gleich am selben Vormittag zur Admiralität gegangen, hätte gebeten, den Leiter des Marinegeheimdienstes zu sprechen, und hätte ihm die ganze Geschichte erzählt.«

»Warum haben Sie dann versucht, sich auf Ihrer Fahrt vom Flughafen hierher des Briefes zu entledigen? Ich vermute, Sie wollten das gleiche tun, was Sie nach Ihrer Aussage in dem Syrena getan haben, als Sie verhaftet wurden – ihn in dem Spalt unter dem Fenster verschwinden lassen. Wenn Sie mir die Wahrheit sagen konnten, warum konnten Sie sie dann nicht Worthington-Truscott sagen?«

»Weil ich einfach den Kopf verloren hatte. Wie ich es bereits Mr. Worthington-Truscott gesagt habe, glaubte ich, es sei M. I. 5 zu Ohren gekommen, daß man mich fälschlich für Walfisch gehalten hatte, und ich wollte nicht das Risiko auf mich nehmen, daß man dort glaubte, ich hätte Unheil gestiftet. Versetzen Sie sich in meine Lage, Sir, dann werden Sie mich bestimmt verstehen.«

»Das tue ich. Da Sie den Brief und all das Geld in Ihrem Besitz hatten, konnte man auf alle möglichen Gedanken kommen.«

Daß er von Karminski dafür bezahlt worden war, weil er ihm den Brief des Admirals gezeigt hatte – war es das, was Kahlkopf damit andeuten wollte? Hilliard sah schon im Geiste die Schlagzeilen:

PROFESSOR VERKAUFT BRITISCHE
VERTEIDIGUNGSGEHEIMNISSE
EHEMALIGER SOLDAT
EINER BESOLDUNGSKOMPANIE
IM GEFÄNGNIS

»Aber diese Berechnungen, Sir – Sie haben mir gesagt, Sie hätten sie sich angesehen. Bei der ersten handelt es sich um die Provision für meinen Agenten zu dem offiziellen Kurs von siebenundsechzig Zlotys für das Pfund, umgerechnet in den Schwarzmarktkurs von zweihundert Zlotys für das Pfund, die das Mädchen mir, wie es sagte, für meine Zlotys geben wollte. Und die fünfundneunzigtausend Zlotys, von denen diese Summe abgezogen ist, sind meine Zloty-Honorare minus zehntausend für meine Ausgaben in Warschau. Die Dollars und Pfunde, die Sie dort liegen haben, sind das, was das Mädchen mir gegeben hat, und zwar für einen Dollar siebzig Zlotys und für ein Pfund zweihundert. Wenn Sie mir nicht glauben, rufen Sie meine Agenten an. Sie heißen Catacomb und Priddle, und Sie finden ihre Nummern im Telefonbuch.«

»Ich brauche niemanden anzurufen, Professor Hilliard. So seltsam es Ihnen klingen mag, das Geld ist eines der beiden Dinge, die mich davon überzeugen, daß Ihre phantastische Geschichte wahr ist.«

Die Strenge in Kahlkopfs Gesicht zerbarst wie Klumpen von tauendem Schnee, die von einem Dach heruntergleiten. »Und was Sie mir gerade gesagt haben, bestätigt es. Sie sagten, Sie hätten fünfundneunzigtausend Zlotys in Pfunde und Dollars zum Kurs von zweihundert für das Pfund und siebzig für den Dollar umgetauscht. Sie haben hier eintausend Dollars, die mit siebzig multipliziert siebzigtausend Zlotys ergeben. Was bedeutet, daß diese Halina Ihnen für die restlichen fünfundzwanzigtausend Zlotys einhundertfünfundzwanzig Pfund hätte geben müssen. Aber statt dessen haben Sie hier nur einhundertzwanzig Pfund fünf Shilling, wie Sie zweifellos schon bemerkt haben.«

»Ehrlich gesagt, Sir, das wußte ich noch gar nicht. Nachdem, was Karminski sagte, nahm ich an, daß an der Summe vielleicht ein kleiner Betrag fehlen könne, aber ich wollte es nicht auf dem Flughafen nachprüfen, aus Angst, ihn damit zu verletzen, und im Flugzeug hatte ich anderes im Kopf.«

»Dann wird es Sie interessieren, zu erfahren, daß die Differenz von vier Pfund fünfzehn Shilling auf diesen auf fünf Shilling ausgestellten Scheck zurückzuführen ist, den Ihre Freundin, die der englischen Sprache nicht mächtig ist, für fünf Pfund gehalten haben muß.« Der Scheck, den Kahlkopf Hilliard reichte, war auf die Bank St. Monans und Pittenween ausgestellt, auszahlbar an den Überbringer und unterschrieben von Hector MacOgg.

»Was für ein schmutziger Trick«, sagte Hilliard, als sich seine Heiterkeit wieder gelegt hatte.

»Ganz abgesehen davon, daß ausländische Agenten Verräter nie mit Schecks bezahlen, und wenn sie es tun würden, darauf bedacht sein müßten, sie nicht zu betrügen, paßt dieser Betrug genau zu dem, was Sie mir bereits von MacOgg und seinen Hemden erzählt haben. Er bestätigt auch die Behauptung, daß er mit dieser sonst allem Anschein nach höchst erfolgreichen Hetäre in dem Café Manekin blieb, als Sie und der Admiral zu dem Empfang in der britischen Botschaft gingen. Aber einen noch besseren Grund, Ihnen zu glauben, liefert der Brief des Admirals selbst.«

Kahlkopf zog den Brief aus dem aufgeschnittenen Umschlag und reichte ihn Hilliard zum Lesen:

Mein lieber Chipps,
nachdem, was mir ein chinesischer ›Sprecher‹ hier in Warschau sagt, kommt die Polaris zu spät, um Mao oder Tschu glauben zu lassen, sie würden etwas gewinnen, wenn sie die Pferde mitten im Strom kehrt machen ließen. Wenn ich darum in Deiner Ölhaut steckte, würde ich einen Massensitzstreik der Matrosen in Aldermaston befehlen, weil rechtzeitig die andere Wange hinhalten der einzige Ausweg aus dieser betrüblichen Lage für den Westen ist. Inzwischen fahre ich nach Czenstochau, um herauszubekommen, wie die Pauliner Mönche dort eine schwedische Invasion in Polen im Jahre sechzehnhundertfünfundsechzig durch Gebet vereitelt haben, damit wir uns wenigstens darauf vorbereiten können, den übernächsten Krieg zu gewinnen.

In Eile,
Dein Sparring-Partner
Tomate

»Der Admiral ist nicht nur kein Agent, sondern er weiß nicht einmal, daß jemand namens Sardine existiert«, fuhr

Kahlkopf fort, als Hilliard ihm den Brief zurückgereicht hatte. »Sein Besuch in Klock kann darum nur das gewesen sein, was er Ihnen gesagt hat: ein privater Besuch bei einem alten Schulfreund seines Sohnes. Aber nicht in Karminskis Augen: für Karminski muß sein Erscheinen in der Sakristei mit Sardine und Ihnen der letzte Nagel zu des armen alten Tomate Sarg gewesen sein. Und wenn etwas außer der Adresse nötig war, um ihn zu überzeugen, daß dieses Beispiel für die Hysterie eines pensionierten Seebären ein authentischer Bericht von einem dort tätigen Agenten sei, dann muß es das gewesen sein, daß Sie den Brief versteckten, als Sie verhaftet wurden, und leugneten, ihn je bekommen zu haben. Leider aber sind Sie, wie Sie es selber zugegeben haben, nie wirklich gefoltert worden. Und darum können wir Sie nicht gut für ein George-Kreuz oder eine Medaille vorschlagen. Und eine Erhebung in den Ritterstand ›wegen großer Verdienste um die Philosophie‹ kommt auch nicht in Frage, da Sie schließlich diese recht unglücklichen Äußerungen auf der anderen Seite des Vorhangs getan haben. Oder haben Sie sie nicht getan?«

»Doch, Sir, ich habe sie leider getan.«

Statt dem Gefängnis schien er der Neujahrsehrenliste entgangen zu sein. Verlegen wartete er darauf, daß Kahlkopf fortfuhr.

»Daß Sardine sich zu Ihren Ansichten bekehrt hat, überrascht mich nicht, da wir vor mehr als sechs Monaten den letzten Piep von ihm gehört haben. Schweigen ist in unserer Branche nicht immer Gold, und darum haben wir beschlossen, Walfisch dorthin zu schicken, um Nachforschungen anzustellen. Unser Walfisch war ebenfalls ein Literat, und wir haben Sardine wissen lassen, er solle sich auf seinen Besuch vorbereiten. Darum ist Sardine dem gleichen Irrtum erlegen wie Karminski, der von einem blassen Blake, der noch unerkannt in den Fluren und Beratungszimmern von M. I. 5 errötet, einen Wink bekommen hat. Bis jetzt ist unsere Tarngeschichte immer die Exporttendenz gewesen, aber da wir sie allmählich für etwas angestaubt hielten, hatten wir beschlossen, zur Abwechslung einmal bei der Wahrheit zu bleiben.«

»Darum hat auch der Botschafter geglaubt, ich sei Walfisch?«

»Genau. Wir haben Nodder diesmal nur gesagt, daß ein Agent namens Walfisch kommen würde – er meint, je weniger er von den Einzelheiten wisse, desto leichter sei es für ihn, so zu tun, als wisse er überhaupt nichts. Die Startzeiten stimmen auch fast überein – der wirkliche Walfisch ist gestern morgen abgeflogen. Aber er wird sicherlich jetzt, da Karminski glaubt, er habe ihn ausgewiesen, ungeschoren zurückkommen können – es sei denn natürlich, er merkt nicht, daß Sardine hochgegangen ist, und ist so töricht, nach Klock zu fahren und dort an der Pforte zu läuten. Dieser fehlende Stöpsel in Ihrer Badewanne hat die Sache zum Klappen gebracht, wie Sie aus dieser Notiz hier ersehen können.«

Die mit Blaustift unterstrichenen Zeilen im *Daily Telegraph* lauteten: *Polnischer Priester wegen Devisenvergehen verhaftet.*

Warschau, Sonntag

Pater Jan Borowski, ein Mönch in Klock, ist heute unter der Beschuldigung, mit einem Agenten einer ausländischen Macht konspiriert zu haben, um gegen den Zloty zu spekulieren, verhaftet worden.«

»Unbenutzte Briefmarken!« Hilliard war so entsetzt, daß er fast nicht gemerkt hätte, daß die Wintersonne allmählich Kahlkopfs Schädel in eine Melone verwandelte. »Und ich war es, der sie Karminski gegeben hat!«

»Selbst wenn Sie das nicht getan hätten, hätten sie sie gefunden, als man Sie durchsuchte. Und jedenfalls waren

die Marken nur ein Vorwand. Es war der Badewannenstöpsel, der alles verraten hat, und das war auch nicht Ihre Schuld.«
Aber Hilliard war alles andere als sicher, daß es nicht seine Schuld war, und er spürte, wie sein Gesicht vor Scham so grau wie sein Haar wurde.
»Und zumindest, Professor Hilliard, haben Sie die Genugtuung, zu wissen, daß Sie geholfen haben, unserem potentiellen Feind viel Sand in die Augen zu streuen, denn wir versuchen, die kommunistische Kirche zu spalten. Der einzige Fehler, den Karminski gemacht hat, war zu glauben, wir seien blöde genug, uns Warschau als Bühne für unser Konversationsstück auszusuchen und eine geschwätzige Klatschbase wie Doddick als unseren Bevollmächtigten. Ich sage Ihnen das, um Ihnen Ihr Gewissen zu erleichtern, und Sie sind ebenso wie Worthington-Truscott und ich selbst verpflichtet, jedermann gegenüber zu schweigen.«
»Ich verstehe, Sir.«
»Noch eins. Wie sehr Sie auch versucht sein mögen, Ihrer Frau oder Ihren Freunden von Ihren Abenteuern zu berichten, ich muß Sie bitten, sie für sich zu behalten – um des westlichen In-den-Tod-Schlitterns willen.« Kahlkopf zeigte eine Kette aus blaßgrünen Zähnen, als er seinen Mund zu einem Lächeln verzog.
»Sie können auf mich zählen, Sir. Sie sind Kaviar, Sir, nicht wahr?«
»*Toujours* unter der amtlichen Geheimhaltungsverfügung: Sie können an mich als an Bückling denken.«
Im Grunde war es vielleicht nur gut, daß er nicht darüber sprechen durfte, dachte Hilliard, als er sah, wie Worthington-Truscott seinen Koffer in das Taxi schob: Charlotte würde ihm nie verziehen haben, daß er nicht in den Ritterstand erhoben worden war.
»Was immer diese große Memme dort oben Ihnen erzählt

haben mag«, sagte Worthington-Truscott durch die Scheibe, »Tomate hat recht. Mit uns ist es aus. Wenn es mir gestattet ist, eine unvermeidliche Feststellung zu machen: Franco ist der Mann nach meinem Geschmack. Ach, all ihr Werke der Blimps! Gott segne die Blimps: preist sie und verherrlicht sie in alle Ewigkeit!«

ZWEIUNDZWANZIGSTES KAPITEL

»ZWEIHUNDERTACHTUNDNEUNZIG PFUND NEUN Shilling, ich glaubte, das hätten wir ausgemacht.«

»*Sie* glaubten, wir hätten das ausgemacht«, verbesserte Hilliard. »Zweihundert für das Pfund war das höchste, was ich für meine Zlotys auf dem Schwarzen Markt in Warschau bekommen konnte, und zweihundert für das Pfund ist alles, was Sie als Provision bekommen. Neunzehntausendneunhundertsechsundneunzig Zlotys ergeben bei einem Kurs von zweihundert für das Pfund neunundneunzig Pfund neunzehn Shilling siebeneinhalb Pence. Aber um es abzurunden, habe ich Ihnen hundert Pfund gegeben, und darum wüßte ich nicht, warum Sie nicht zufrieden sein sollten.«

Ein Mann, der durchgemacht hatte, was Hilliard durchgemacht hatte, ließ sich nicht mehr von einem Catacomb betrügen. Ein Mann, der gerade gesehen hatte, wie die Erhebung in den Ritterstand ihm vor der Nase entglitten war, verdiente dreihundertsiebzig Pfund fünf Shilling, die er in der Einkommensteuererklärung nicht erwähnte, anstatt nur einhundertsechsundsiebzig Pfund elf Shilling.

»Ich verstehe Ihren Standpunkt natürlich«, sagte Catacomb demütig.

»Sie müssen ihn nicht nur verstehen, Sie müssen sich mit ihm abfinden. Und falls Sie ihn noch nicht bemerkt haben, dort liegt ein Scheck.« Hilliard lächelte, als er sich MacOggs Verblüffung vorstellte, wenn er die fünf Shilling, die er für immer in der Rynek Starego Miasta begraben glaubte, in seinem St.-Monans-und-Pittenweem-Kontoauszug vom Tode auferstehen sah. »Wenn Sie glauben, daß er nicht gedeckt ist, dann geben Sie ihn Gumshott.«

»Gumshott ist übrigens jetzt auch in Warschau, ist gestern morgen abgeflogen. Anscheinend hat er dort jemanden gefunden, der sagt, er kann einen Druck auf Verleger ausüben, damit sie ihm Sterling bezahlen, statt zu behaupten, die Nationalbank von Polen spiele nicht mit. Ein Mann namens Borowski. Sind Sie ihm vielleicht zufällig begegnet? Borowski, meine ich, nicht Gumshott.«

Wer hätte das geglaubt! Es war zum Weinen! Wenn Gumshott nicht heil zurückkam, war das einzige, das Hilliard hoffen konnte, daß der Subagent ebenso ekelhaft war wie Catacomb.

»Vergessen Sie aber nicht, was ich Ihnen gesagt habe. *For ever Mellors, No Bonds for James Amber*, Sex oder Gewalt, das ist der beste Weg zu einer Villa in Südfrankreich. Es tut mir leid, daß ich Sie jetzt hinauswerfen muß, Harold, aber draußen wartet schon ungeduldig ein anderer unserer Autoren. Ich verstehe das mit der Provision, und Sie können darum beruhigt schlafen.«

»Darauf können Sie sich verlassen.« Hilliard grinste noch triumphierend, als er am St. Pankras ankam. Charlotte hatte recht: die einzige Möglichkeit, in dieser Welt weiterzukommen, war, sein Gewicht in die Waagschale zu werfen.

Charlotte selber wirkte aber, als ob sie eine noch härtere Nuß sein würde als Catacomb.

»Genau das, was ich gefürchtet habe: du bist wieder fett geworden. Ich werde dir eine andere Diät auferlegen müssen. Aber erst morgen früh fängt es damit an, denn heute kommen die Scroggies zum Abendessen. Ach, und du hast zur Abwechslung einmal einen Strumpf links herum angezogen.«

Aber, nachdem sie seinen Koffer ausgepackt und ihn gescholten hatte, daß er für den Rückflug nicht die Schilder, die sie für ihn geschrieben, benutzt hatte, blieben Hilliard im Schlafzimmer ein paar Minuten für sich selbst, in denen er wieder einmal über seine öde Welt nachdenken konnte.

Zwei Abende zuvor hatte er mit Wanda in Thorn zu Abend gegessen. Bis zu diesem Zeitpunkt würde er von jetzt an zurückrechnen: vor sechs Abenden, vor acht Monaten, vor fünf Jahren... Über den häßlichen nichtssagenden Dächern begann die Rathausuhr sieben zu schlagen. Es war die Stunde, um Gedanken zu senden. Versuchte Wanda ihm zu sagen, wie er versuchte, es Wanda zu sagen, daß sie beide für immer Pater Borowskis wegen dunkle Nächte der Seele haben würden?
Er zog die Liste der polnischen Monate heraus, küßte sie und schob sie wieder in seine Brieftasche. Dann ging er hinunter, um den Professor der Finanzwissenschaft und dessen Frau zu begrüßen.

ENDE

Bruce Marshall

Keiner kommt zu kurz oder Der Stundenlohn Gottes
Roman. Band 5940

Dies ist die Geschichte vom leisen, doch zuzeiten höchst aufreibenden Leben des Abbé Gaston und seinen denkwürdigen Versuchen, die Welt in Ordnung zu bringen; da diese dem unscheinbaren Gottesmann meist außer Kontrolle geraten, bleibt als Rettung schließlich nur die Kraft des reinen Herzens.

Das Wunder des Malachias
Roman. Band 5941

Des Paters Malachias Glaube an die Möglichkeit christlicher Wunder auch in moderner Zeit versetzt zwar nicht Berge, wohl aber den »Garten Eden«, welches ein Tanzlokal von höchst zweifelhaftem Leumund und als solches dem Pater ein Dorn im Auge ist.

Der Monat der fallenden Blätter
Roman. Band 5943

Was einem zerstreuten Professor alles zustoßen kann, nur weil der Geheimdienst ihn mit einem Spion verwechselt, das führt der berühmte schottische Autor in seiner spannenden und turbulenten Spionagekomödie mit viel Phantasie und Kombinationsgabe vor.

Alle Herrlichkeit ist innerlich
Roman. Band 5942

Father Smith ist eine unvergängliche Figur geworden. Mit Güte, Humor und einem untrüglichen Sinn für Gerechtigkeit und einer segensreichen Portion Einfalt besteht er seinen schwierigen Alltag im trotzigen wilden Kaledonien gegen eine trotzige presbyterianische Übermacht.

Fischer Taschenbuch Verlag

fi 632/1

fi 197/2

Jaroslav Hašek

Schule des Humors
Zwölf Lektionen
Kurzgeschichten. Band 5372

Der Titel ›Schule des Humors‹ ist nicht ganz ernst, auch nicht unbedingt wörtlich zu nehmen. Strengen Pädagogen sollte von der Lektüre dennoch dringend abgeraten werden. Denn Hašeks bitterböse Humoresken aus dem bürgerlichen Heldenleben lassen das aufbauende Moment vermissen: alle seine Geschichten enden in boshaften Pointen, denen geschickt lancierte Katastrophen den Weg bereiten.

Von Scheidungen und andern tröstlichen Dingen
Humoresken. Band 5766

Die Zielscheibe seines Spottes sind Dummheit und Beschränktheit seiner Mitmenschen. Von den ins Aberwitzige vergrößerten Schwächen wird so boshaft pointiert erzählt, daß den Leser ein ganz besonderes Lesevergnügen erwartet.

Der Abstinenzlerabend und andere Humoresken
Herausgegeben von Jana Halamičková
Band 5840

Wie der Quartaner Papoušek im Traum Julius Cäsar begegnet, der seinem Lateinlehrer zum Verwechseln ähnlich sieht, wie das Prager Amtsblatt durch sinnentstellende Druckfehler seine Leser zu bildungsbeflissenen Nachforschungen anregt oder wie aus dem humanistisch gesinnten, fürstlichen Bibliothekar Herrn Caboun im Handumdrehen ein Lausbub wird. Diese und andere Grotesken aus dem Leben des Prager Kleinbürgers sind nachzulesen in 34 bislang unbekannten Humoresken.

Fischer Taschenbuch Verlag

fi 352/1

Die Neue Arche Bücherei
Ein Forum für literarische Kleintexte

1 **Pablo Picasso** *Wie man Wünsche beim Schwanz packt*
Ein Drama. Übertragen von Paul Celan
2 **Gottfried Benn** *Statische Gedichte*
Mit einer Druckgeschichte und unveröffentlichten Benn-Briefen hg. von Paul Raabe
3 **Werner Bergengruen** *Die drei Falken*
Eine Novelle. Mit dem Vortrag: Novelle und Gegenwart
4 **Otto F. Walter und Silja Walter** *Eine Insel finden*
Gespräch. Moderiert von Philippe Dätwyler
5 **Manfred Hausmann** *Da wußte ich, daß es Frühling war*
Eskimolieder. Gesammelt von Knud Rasmussen
6 **William Goyen** *Nester in einem Steinbild*
Erzählung & Gespräch
7 **Peter Bichsel** *Des Schweizers Schweiz*
Aufsätze. Mit Fotos von Henri Cartier-Bresson
8 **Kurt Schwitters** *Tran Nr. 30. Auguste Bolte*
(Ein Lebertran)
9 **Winfried Wolf** *Geschichten aus Hotterloch*
10 **Otto Höschle** *Die Lunte brennt*
Gedichte am Abgrund
11 **Albert Camus** *Heimkehr nach Tipasa*
Mittelmeer-Essays
12 **Samuel Beckett** *Marcel Proust*
Essay
13 **Walter Mehring** *Kleines Lumpenbrevier*
Verse und Chansons. Mit unveröffentlichten Mehring-Briefen hg. von Christoph Buchwald
14 **Natalia Ginzburg** *Valentino*
Erzählung. Aus dem Italienischen von Maja Pflug
15 **Silja Walter** *Die Feuertaube*
Neue Gedichte. Für meinen Bruder

Arche Verlag, Zürich